鲁 拜 集

[波斯]奥玛·海亚姆　著

张鸿年　宋丕方　译

马赫穆德·法希奇扬　插图

四川人民出版社

目　录

译者序言

伊朗古称波斯。波斯是东方文明古国、诗歌大国。波斯文学在中世纪达到其辉煌顶峰。我们在这里向读者介绍的奥玛·海亚姆，就是波斯文学中杰出的代表性人物。海亚姆的一生颇具传奇色彩。在他生前，人们并不知道他写过诗，当然他也不在“波斯七大诗人”之列。[1] 可是在现代，如果问一位世界文学爱好者，最著名的波斯诗人是谁，答案肯定是奥玛·海亚姆。

诗人奥玛·海亚姆

奥玛·海亚姆（ʿUmar Khayyām，过去英语文献中多转写作 Omar Khayyam，1048~1131）的全名是阿甫尔法塔赫·奥玛·本·易卜拉辛·海亚姆·内沙浦里（Abu'l-Fatḥ ʿUmar ibn Ibrāhīm Khayyām Nīshāpūrī）。[2] 海亚姆是中世纪伊斯兰世界最顶级的数学家、医学家、天文学家和哲学家。他是最早提出一元三次代数方程解法的学者，被誉为整个伊斯兰时期最杰出的数学家；海亚姆医术高明，曾为幼年的桑伽尔（Sanjar）国王医治过天花；在天文学方面，他曾受塞尔柱王朝（Saljūq Empire）马里克国王（Malik-Shāh）之命，协同其他波斯科学家共建天文台，并修订出一部极高精度的波斯历法；在哲学上，同时代人盛赞他“通晓希腊人的学问”，他的《鲁拜集》遗篇以及其它波斯数学文献本身就是直接的证据。他深得马里克国王的器重，同时也是首相内扎姆·莫尔克（Niẓām al-Mulk）的挚友。首相内扎姆从每年内沙浦尔的税赋中拨出十万金币给海亚姆，使其安心从事科学事业。

有一则广为流传的故事讲到，海亚姆与内扎姆·莫尔克以及哈桑·萨巴赫（Ḥasan Ṣabbāḥ）三人曾是少年同学，一同拜入内沙浦尔的名师伊玛姆·莫卡达姆（Imām Muqaddam）门下。[3] 时人尽知，莫卡达姆的门人高足，日后定有成就。一日哈桑便提议：三人日后不论谁先有成，定要提携其他二人。后来内扎姆·莫尔克果然作了塞尔柱王朝的首相。哈桑如约找他，首相让哈桑出任一个地位不高的财务官员。哈桑不满，又因卷入一桩宫廷逆谋，愤而离去。再后来，哈桑占山为王，成了伊朗伊斯玛仪派（Madhhab-i Isma'īlī，知名的恐怖暗杀团体）领袖，人称"山中老人"。哈桑最终派人刺杀了内扎姆·莫尔克。内扎姆也曾问过海亚姆需要什么照料，海亚姆却不是求官，而是求个安稳职位，以诗歌与学问终老。

这个传说情节生动，更因菲茨吉拉德（Edward Fitzgerald）引述的因缘而流传至广。[4] 可惜的是，这个故事并不可靠。它早已被伏鲁基（Muḥammad 'Alī Furūghī）等多名伊朗学者彻底否定。否定的理由，主要出自三人的年龄差异。海亚姆与哈桑年岁相当，却比内扎姆·莫尔克小29岁。按照波斯古代传统，年轻人拜入莫卡达姆师门的年龄不能小于15岁。也就是说，海亚姆与哈桑师从莫卡达姆时，内扎姆最起码也44岁了。而历史记载，内扎姆·莫尔克在40岁（公元1059年）时就已经成了首相。

直到近代，作为诗人的海亚姆在伊朗的声名仍不十分显赫。伊朗国王纳赛尔丁（Nāṣir ad-Dīn Shāh）访英时，英国海亚姆研究会向他提议重修海亚姆陵墓，纳赛尔丁的回答竟是："我感到奇怪，你们为什么如此推崇海亚姆。他并不是什么伟大的诗人。我的任何一个宫廷诗人的诗都写得比他好。"然而随着时光流逝，纳赛尔丁国王麾下诸多宫廷诗人的名字甚至都没能进入二流诗人之列，而海亚姆的名字和他的诗歌却传遍世界。

现在在世界文学爱好者的心目中，就其声誉和影响来说，诗人海亚姆绝不亚于任何民族的最伟大的诗人。海亚姆《鲁拜集》流布甚广，其版本之多仅次于《圣经》，仅英译本就有三十多种。以纽约图书馆为例，其所收海亚姆《鲁拜集》各语种译本已达 500 种以上。

"鲁拜"（Rubāʿī，复 Rubāʿiyyāt）一词的波斯语本义就是"四行诗"。它是一种伊朗古代诗歌形式，诗有 4 行，每行 11 个音节，其中第 1、2、4 行协韵，或 4 行全部协韵，与我国的绝句诗相似。有许多波斯诗人都喜欢写这形式的诗歌。不过在本书中，我们谈到"鲁拜"，是专指由海亚姆所写的波斯语鲁拜四行诗。海亚姆生时无衣食之虞，也无需取悦于人。他所写的鲁拜，可能只是他在科学工作之余的即兴吟诵，聊作个人消遣。所以海亚姆的诗只在少数密友间传阅，在他生前并没有广泛流传。

海亚姆的鲁拜用词平易，不假雕饰，语意平顺畅达。这种臻于化境的质朴平易风格，带有波斯语诗歌初兴时的特点，史称"霍拉桑风格"。伊朗现代著名作家萨迪克·赫达亚特（Ṣādiq Ḥidāyat）在评论海亚姆的语言特点时曾说："海亚姆在诗歌创作上，不承袭任何人的衣钵。他的平易的语言足以表达他诗歌中一切精微的思想，而且完全能够以简洁明朗的形式体现出来。有些思想家和诗人想学习他的风格，但是任何人都没有学到。"[5]

2009 年 3 月，以色列国家文物委员会对外公布了他们在耶路撒冷发掘的一个陶罐残片。陶罐以花叶和文字装饰，通体施绿釉。令举世震惊的是，陶罐肩部残片上所装饰的文字，恰是海亚姆鲁拜中的一行："那手也曾轻拢在情人的颈上"（见本书第一〇七首）。根据遗址性质及陶片的工艺纹饰特征判断，这件陶罐的制作年代约在 12~13 世纪，它正好也是海亚姆的鲁拜开始广为传播的时代。鲁拜集陶罐残片的发现一经公布，旋即毫无争议地荣登 *Archaeology* 杂志评选的 2009 年世界十大考古发现榜。

海亚姆鲁拜的思想内涵

　　海亚姆的鲁拜是典型的哲理诗，或者说，他的作品充满了伊壁鸠鲁主义哲学与火教哲学的内涵。诗人敏感的心灵、科学家的清醒认识和哲学家深邃的思考在生命的洪流中淬炼融合，而这一切又通过简明洗练、质朴无华的波斯语鲁拜呈现出来。在他的鲁拜中，海亚姆提出一系列对天地人生的追问：宇宙是如何形成的？人是从什么地方来的？人生有什么意义？人死后到什么地方去？

　　　　我们来去匆匆的宇宙，
　　　　上不见渊源，下不见尽头。
　　　　从来无人道出个中隐秘，
　　　　我们从何处来，向何处走。

　　　　这亘古大谜你我都茫然不懂，
　　　　这谜样的天书你我都解读不通。
　　　　大幕未落，你我尽可交谈言笑，
　　　　大幕落时，你我都无影无踪。

　　　　人道天堂上有仙女仙泉，
　　　　奶酒蜜糖，如河似川。
　　　　萨吉啊，斟满这杯高高举起吧，
　　　　现世比幻境胜过千般。

　　　　多么遗憾，生命在不断逝殇，
　　　　死神逼得多少人痛断肝肠。

没有一个人从彼世带来信息，

让我们问讯远行人的近况。

海亚姆是一位科学家，是一位在天文、数学、医学和哲学多方面有很深造诣的学者，同时他又生活在一定的宗教环境中。有些唯物论者在讨论物质第一性问题的时候，讥笑海亚姆的鲁拜羞羞答答，甚至前后龃龉，而有的宗教信徒又指斥海亚姆为异端。在纷纭的矛盾中，最终成就了海亚姆的，是他的诗。诗人杰出的品格和思想使他超越了唯物论者和宗教信徒的责难与前后夹击。他的鲁拜既不是纯粹的哲学讲义，也不是单一的宗教读本。他那些具有极高艺术魅力和欣赏价值的诗作，构成了一座世界文学的丰碑。

对海亚姆的这种态度，著名学者伏鲁基表示肯定。伏鲁基在《海亚姆的鲁拜集》（*Rubāʿiyyāt-i Ḥākim-i ʿUmar Khayyām*）序言中说："那些认为海亚姆离经叛道的人没有看到，他的这种追求和探讨与宗教信仰并不矛盾。一个人凭他的内心信仰和哲学理念确信创世主存在，并履行一切宗教义务……因为主的奥秘是世人无法理解的……"

在讨论海亚姆与宗教的关系时，还应该注意一种现象，即由于海亚姆有很高的名声，后世许多人也把自己的诗歌伪托到海亚姆名下。那些后来蹿入的伪托作品，在海亚姆的鲁拜中造成了少许混乱和自相矛盾。这些问题是不应诿罪到海亚姆身上的。

海亚姆鲁拜的英译者菲茨吉拉德

在相当长的一段时间内，海亚姆的国际声名与他在伊朗国内的地位有巨大的反差。如今，海亚姆的鲁拜在世界诗坛上的声誉如日中天，而且还日益增长。全球各种语言的海亚姆鲁拜译本有数百种。对海亚姆鲁拜的这种热爱首先应归功于英译者菲茨吉拉德（Edward Fitzgerald 1809~1883），各种语言译本多出自菲译第四版。

菲茨吉拉德是英国诗人。他出身贵族，家道殷实，所以有充分的条件从事文学事业。1853年菲茨吉拉德开始向好朋友柯威尔（Cowell）学习波斯语。1859年，他自费出版自己的鲁拜英译第一版。书上市之后并没有受到重视，不久之后被归为特价处理的行列。菲氏译本后来得到著名诗人斯温伯恩（A.C. Swinburne）和罗塞蒂（D.G. Rossetti）的赏识与推介，从而声名鹊起。诗人丁尼生（A. Tennyson）也大力肯定菲译鲁拜，他在一封信中对菲茨吉拉德说："您所翻译的这本东方诗歌，真是优美动人，前所未见。您的伟大功绩在于把奥玛这颗太阳一样的明星发射到天空，照亮了所有人和所有地方。"[6]

菲茨吉拉德译的鲁拜出版时，正值英国维多利亚时期陈腐的道德准则和华丽藻饰的文风盛行。而质朴平易关怀人的命运和呼唤自由思想的海亚姆的鲁拜不啻是一股清新的和风，荡涤着人们的心灵。

从1857年起直到逝世，菲茨吉拉德把自己的全部生命都献给了海亚姆鲁拜的翻译事业。菲茨吉拉德生前一共翻译并印行了四版，第五版是他去世后出版的手稿整理版。

菲茨吉拉德说他的翻译是意译。但是据一些学者考查，他的译文较一般意译自由度大得多。英国学者爱德华·赫伦·艾伦（Edward Heren Allen）经过研究认为：在菲译第一版中，与波斯文原文意思大体吻合的有49首，将几首波斯文原诗糅合到一起译出的有44首，出自尼古拉选本的有2首；此外，还有2首是诗人阿塔尔（'Attār）的，2首是诗人哈菲兹的，2首不知出处的（其内容与海亚姆作品的思想风格一致）。在菲氏第一版中，还有3首是菲氏自己的创作。当然，这3首自创的诗在菲氏后来的版本中被删掉了。

除菲氏版本外，海亚姆鲁拜其它的英译本尚有数十种之多。在多位英译者的译本中，人们唯独推崇菲译。到1925年，菲译海亚姆的鲁拜已经重版139次。因为菲氏的英文极其优美，而且传达出海亚姆鲁拜的神韵。现在，他译的鲁拜已经进入英国文学，被收入英文引语词典。

如今，海亚姆的生平研究、名下鲁拜的真伪辨析、版本校勘、插图制作、思想探讨都成了世界文学中的重要课题。而菲茨吉拉德则是把海亚姆推上世界文坛的第一人。人们提起海亚姆，自然想到菲茨吉拉德，提起菲茨吉拉德，自然想到海亚姆。而海亚姆的鲁拜这只波斯大地的智慧之鸟，正是凭着菲译本的羽翼高翔于世界诗坛的高空。

海亚姆在中国

在现今华语世界，知名度最高的与《鲁拜集》相关的作品，是金庸的《倚天屠龙记》。小说故事里明教教众中流传的"来如流水兮逝如风，不知何处来兮何所终"就是《鲁拜集》中的诗句。而海亚姆的鲁拜传入中国的时间则非常之早，已知的例证可以追溯到1306年（也就是诗人去世后175年）之前。据陈达生提供的资料介绍，福州市郊有一座1306年立碑的伊朗人墓葬，墓石上刻着一首波斯文鲁拜，译为汉语是：

> 从地底深处直到土星之巅，
> 我已解开宇宙中一切疑难。
> 如今没有什么难题使我困惑，
> 但面对死亡之结我却感茫然。[7]

1924年，郭沫若出版了据菲茨吉拉德英文本翻译的《鲁拜集》，比较全面地把海亚姆介绍给中国读者。从那开始，截止到目前，据英文本翻译的海亚姆鲁拜汉译本已有数十种，译者之中不乏文化名人。上世纪80年代以后，出现了直接译自波斯文的汉译本，译者先后有张晖、张鸿年、邢秉顺和穆宏燕等。

在海亚姆鲁拜的汉语翻译史上，关于菲译为第四版第99首（波斯文原文为本译本第47首）还有一则有趣的掌故。这首诗早在1919年就由胡适翻译成中文，是胡适自认的得意之作。徐志摩则认为胡适的翻译并不理想，给出了自己的新译本。1924年郭沫若的译本发表之后，闻一多在肯定郭沫若译作的同时，又对郭的译文提出了若干意见，并亲自翻译了这一首诗与郭译进行比较。中国现代四位第一流大诗人同时关注一首海亚姆的鲁拜，而且各自翻译互相讨论比较，堪称中国现代文坛上的一段佳话。这首诗的英译和四位诗人的译文如下：

Ah! Love, could you and I with Him conspire,

To grasp that sorry Scheme of Things entire,

Would not we shatter it to bits – and then,

Re-mould it nearer to the Heart's Desire.

郭译：

啊，爱哟，我与你如能串通"他"时，

把这不幸的"物汇规模"和盘攫取，

怕你我不会把它捣成粉碎——

我们重新又照着心愿抟拟。

闻一多的改译：

> 爱哟，你我若能和"他"串通好了，
> 将这全体不幸的世界攫到，
> 我们怕不要捣得他碎片纷纷，
> 也依着你我的心情再抟再造。

胡译：

> 要是天公换了卿和我，
> 该把这糊涂世界一齐都打破。
> 要再磨再炼再调和，
> 好依着你我的安排，把世界重新造过。

徐译：

> 爱啊，假如你我能勾着运神谋反，
> 一把抓住这整个儿"寒尘"的世界，
> 我们还不趁机会把他完全捣烂——
> 再来按我们的心愿，改造他一个痛快？

上述四位诗人的译文，我们觉得还是胡适的译文比较顺畅。更有趣的是，虽然胡适的译文是译自英文本，居然比英文本更接近波斯文原诗的意旨。海亚姆的原文鲁拜明白晓畅，没有任何费解之处。菲茨吉拉德翻译成英文时对某些诗做了处理,不是把两首诗糅合到一起,就是做了文字取舍。无论哪一种情况,菲氏译文都已经与原诗拉开了距离。下面是我们直接从波斯文翻译出的译文:

> 如若能像天神一样主宰苍天,
> 我就把这苍天一举掀翻。
> 再铸乾坤,重造天宇,
> 让不愿作奴隶的人称心如愿。

波斯文中有两个关键的词,菲茨吉拉德忽略了,一个是第一行中的"天神",另一个是第四行中的"不愿作奴隶的人"。"天神"是带有强烈民族色彩的词,它并不是现今常见概念里的"安拉"或"胡达"。这表明海亚姆概念里的宇宙主宰仍然是琐罗亚斯德教的天神。"不愿作奴隶的人"这个词的意思是"向往自由的人"或"道地的纯种人",其引申的意思是指伊朗人。海亚姆使用这个词的用意非常明显,是表示要让不愿为奴的伊朗人"称心如愿"。言外之意即公元 7 世纪外族入侵伊朗后,伊朗人过的是奴隶般的日子。明白了诗人用词的这些细微之处,就可以了解这首诗除了表示对人世的一般的不满之外,更体现了对入侵的外来统治者的憎恶这一深意。而这正是伊朗人的普遍心态。直到今天,伊朗人的这种心态仍然存在。菲译忽略了两个关键的词,一首含有反抗民族压迫和精神桎梏的诗就变为一首泛泛对世道不满的诗了。换句话说,菲译抽去了这首鲁拜的灵魂。

我们不禁联想到有些英国人出于对菲译的热爱,竟说菲译超过海亚姆鲁拜的波斯语原诗。不知他们指的是什么超过了原作。若是说菲氏英译本的语言文学性,那么不同的语系、语族、语支、语种之间的语言文学性根本不存在可比性，英译本的英语文学性好坏也不在我们讨论之列。若是论翻译，说菲译超过原作就未免言过其实了，十足反映出某些西方人的文化优越感。海亚姆的鲁拜看似平易，但是字斟句酌，朴素的字句下含有深意。一般来说，译文超过原文似乎不大可能。讨论译文与原文的关系首先应该分清主次，明确源流。关于诗人海亚姆与译者菲茨吉拉德的关系和定位，我们还是欣赏英国诗人丁尼生的见解。就在丁尼生赞美菲译尽善尽美的那首诗里，他说：

（That Lenten fare makes Lenten thought,

Who reads your golden Eastern lay,）

Than which I know no version done

In English more divinely well;

A planet equal to the sun

Which cast it, that large infidel

Your Omar; and your Omar drew

Full-handed plaudits from our best

In modern letters, and from two,

Old friends outvaluing all the rest.

...[8]

我不知有何英译

比这更尽善尽美。

一颗行星抵得上，

照射着它的太阳，

那位伟大的叛道者奥玛。

当代文学的英俊也都在，

为你的奥玛拍手叫好。

……

很明显，在丁尼生眼里，奥玛·海亚姆是太阳，菲茨吉拉德是月亮。月亮的光再亮，也不可能超过太阳，因为月光是太阳的反光。

***

我们这次翻译《鲁拜集》所依据的底本是公元 1462 年抄本，亦称《乐园》（Ṭarabkhānah）本。之所以称《乐园》本，是因为按照古代阿拉伯人和伊朗人以阿拉伯字母计数的方法（Abjad），组成"乐园"一词的 7 个波斯字母所代表的数字之和恰巧是 867，也就是希吉来历 867 年（对应的公元纪年是 1462 年），即此抄本形成的年代。这本诗集在 1462 年的集抄者是亚尔·阿合玛德·本·胡赛因·拉希迪·大不里士（Yār Aḥmad ibn Ḥusayn Rashīdī Tabrīzī），近世出版时校订者是德黑兰大学教授杰拉伦丁·胡玛依（Jalāl ad-Dīn Humā'ī）。胡玛依并不认为抄本中收录的所有鲁拜都是海亚姆手笔，但因为这是可靠的比较早的抄本，所以其文献价值很高。《乐园》本共收录鲁拜 554 首（计入重复）。它是一个非常重要的抄本。据胡玛依博士估计，这五百多首鲁拜中，真正属于海亚姆的至多在 160 首上下，所以我们将伏鲁基考信的 66 首中不见于《乐园》本的 11 首作为增补收入集末。

张鸿年

注　释

1. 波斯七大诗人之说由美国作家爱默生（Ralph Waldo Emerson）提出。1858年爱默生在《大西洋月刊》（*Atlantic Monthly Essay*）上发表 *Persian Poetry* 一文，列举了这七大波斯诗人的名字。这七人是：菲尔多西（Firdawsī）、安瓦里（Anvarī）、内扎米（Niẓāmī）、莫拉维（Mawlavī）、萨迪（Saʻdī）、哈菲兹（Ḥāfiẓ）和贾米（Jāmī）。

2. 海亚姆的生卒年有争议，如1048~1122，1048~1123，1048~1131等。这里我们采用的是《不列颠百科全书》（*Encyclopedia Britannica*）上的数据。

3. Imām，意为"宗教领袖"。

4. Edward Fitzgerald, *Omar Khayyám: The Astronomer-poet of Persia.*

5. Ṣādiq Ḥidāyat, *Ṭarānahhā-i Khayyām.*

6. 张晖《柔巴依诗集》。

7. 福州这首鲁拜碑刻的信息，是福州社会科学院陈达生先生1993年在北京大学伊朗文化研究所召开的伊朗文化研讨会上提供的。另，这一首鲁拜也在伏鲁基所确认的海亚姆66首鲁拜之列。

8. Alfred Tennyson，*To E. Fitzgerald: Tiresias.*

طربخانه
乐园

رباعيات حكيم خيام نيشابورى
智者 海亚姆·内沙浦里 著

鲁拜集

تآليف

يار احمد بن حسين رشيدى تبريزى سال ٨٦٧ هجرى قمرى

希吉来历867年

亚尔·阿合玛德·本·胡赛因·拉希迪·大不里士 集抄

۱

ای از حرم ذات تو عقل آگه نی

و ز معصیت وطاعت ما مستغنی

مستم ز گناه و ازرجا هشیارم

امید برحمت تو دارم یعنی

۲

گر گوهر طاعتت نسفتم هرگز

ور گرد گنه ز رخ نرفتم هرگز

نومید نیم ز بارگاه کرمت

زیرا که یکی را دو نگفتم هرگز

۳

گر من گنه روی زمین کردستم

عفو تو امید است که گیرد دستم

گفتی که بروز عجز گیرم دستت

عاجزتر از ین مخواه کاکنون هستم

一

理智无法洞悉你本质的隐秘，
你不在意我们顺从还是抗拒。
我罪行累累，但仍未失去希望，
你宽大为怀，我总寄希望于你。

二

我虽然从未钻透顺从的珍珠，[1]
从未拂净脸上的罪恶的尘土。
但对你的宽厚仁慈始终不疑，
从未将唯一的主说成为二主。

三

如若我在世上犯下罪行，
毕竟有望得到你的佑助宽容。
你说：走投无路时我会助你，
如今我已一筹莫展陷入绝境。

۴

از خالق کردگار و ز رب رحیم
نومید نیم بجرم و عصیان عظیم
گرمست و خراب مرده باشیم امروز
فردا بخشد بر استخوانها ی رمیم

۵

با تو بخرابات اگر گویم راز
به ز انکه بمحراب کنم بی تو نماز
ای اوّل و آخر تو و جز تو همه هیچ
خواهی تو مرا بسوز و خواهی بنواز

۶

یارب بگشای بر من از رزق دری
بی منّت مخلوق رسان ماحضری
از باده چنان مست نگه دار مرا
کز بیخبری نباشدم درد سری

四

不要以为你犯下了滔天大罪，
就对仁慈的造物主意冷心灰。
今天你烂醉如泥，沉睡不醒，
明天，主将宽赦你朽骨一堆。

五

在酒肆与你倾心密谈，
胜于心中无你面对壁龛。
你是初始是终极，无你一切皆无，
随你赐我恩惠，或让我备受熬煎。

六

主啊，请为我打开粮仓，
给负义的小民一点口粮。
让我痛饮美酒，人事不省，
醉去便不再感到痛苦悲伤。

۷

با رحمت تو من از گنه نندیشم
با توشه ء تو ز رنج ره نندیشم
گر لطف توام سفید روی انگیزد
یک نقطه ز نامه ء سیه نندیشم

۸

نا کرده گناه در جهان کیست بگو
آنکس که گنه نکرد چون زیست بگو
من بد کنم و تو بد مکافات دهی
پس فرق میان من و تو چیست بگو

۹

یارب بدل اسیر من رحمت کن
بر سینه ء غم پذیر من رحمت کن
بر پای خرابات رو من بخشای
بر دست پیاله گیر من رحمت کن

七

你仁慈宽厚，我不担心自己的罪行，
你备足干粮，我不惧怕艰险途程。
承你恩惠，复活日不加究问，
我便不怕犯下累累罪行。

八

世上人哪个没有犯罪的经历？
一个人不犯罪怎么活得下去？
我作奸犯科，你却滥施刑罚，
你说，你我区别究竟在哪里？

九

主啊，请原谅我心愚鲁步入迷津，
悲悯我这颗多愁善感的心。
原谅我双脚总是出入酒肆，
原谅我的手离不开酒樽。

۱۰

آنم که پدید گشتم از قدرت تو
صد ساله شوم بناز و ز نعمت تو
صد سال بامتحان گنه خواهم کرد
یا جرم منست بیش یا رحمت تو

۱۱

کنه خردم در خور اثبات تو نیست
و اندیشه ء من بجز مناجات تو نیست
من ذات تو را بواجبی کی دانم
داننده ء ذات تو بجز ذات تو نیست

۱۲

هر روز بگاه در خرابات شوم
همراه قلندران بطامات شوم
بی حکم تو یک قدم ندانم رفتن
توفیقم ده تا بمناجات شوم

一〇

我这人乃是你的神力造就，
多承你福佑，享有百年长寿。
权作试验，百年我犯下累累罪行，
看是我十恶不赦，还是你仁慈宽厚。

一一

我的理智无法理解你的真谛，
思索探寻，唯有对你坦露心迹。
你的本质我怎能真正知晓，
知晓你本质的只有你自己。

一二

每天清晨我都去酒肆盘桓，
与二三酒徒共饮，评事论天。
没有你的指令我难移寸步，
请保佑我把心迹向你展现。

۱۳

جامی است که عقل آفرین میزندش
صد بوسه ز مهر بر جبین میزندش
این کوزه گر دهر چنین جام لطیف
می سازد و باز بر زمین میزندش

۱۴

جانها همه آب گشت و دلها همه خون
تا چیست حقیقت به پس پرده درون
ای با علمت خرد رد و گردون دون
از تو دو جهان پر و تو از هر دو برون

۱۵

ایزد چو نخواست آنچه من خواسته ام
کی گردد راست آنچه من خواسته ام
گر هست صواب آنچه او خواسته است
پس جمله خطا ست آنچه من خواسته ام

一三

智慧之主把这酒杯造得完美精良，
成百次爱吻印在酒杯的唇上。
造化陶工的创造如此精致，
造好又把它狠狠摔在地上。

一四

生命终有尽头，人心充满忧伤，
有谁真知大幕后的景象？
认知你理智和两世都苍白黯然，
你主宰两世又超然于两世之上。

一五

我之所愿若非耶兹德所求，[2]
想如愿以偿要到什么时候？
倘若他之所想全属功德，
那么我之所愿则全为荒谬。

۱۶

تا ظنّ نبری که من بخود موجودم

یا این ره خونخواره بخود پیمودم

چون بود حقیقت من از او موجود

من خود که بدم کجا بدم کی بودم

۱۷

ایزد چو گل وجود ما می آراست

دانست ز فعل ما چه بر خواهد خاست

بی حکمش نیست هر گناهی که مراست

پس سوختن قیامت از بهر چه خواست

۱۸

از جرم حضیض خاک تا اوج زحل

کردم همه مشکلات گردون را حل

بیرون جستم ز بند هر مکر و حیل

هر بند گشاده شد مگر بند اجل

一六

不要以为我按自己愿望出生，
愿意走上这血淋淋的路程。
本有真理存在，我来自真理，
我是谁？何处是始，何处是终？

一七

我们的泥身乃是耶兹德制作，
他深知我们一言一行的后果。
我们的哪桩罪过没有他的指令，
终审日处我们火刑到底为了什么？

一八

从地底深处直到土星之巅，
我已解开宇宙中一切疑难。
如今没有什么难题使我困惑，
但面对死亡之结我却感茫然。

۱۹

نقشی است که بر وجود ما ریخته یی
صد بوالعجبی ز ما بر انگیخته یی
من ز ان به از ین نمی توانم بودن
کز بوته چنین مرا فرو ریخته یی

۲۰

در مدرسه و صومعه و دیر و کنشت
ترسنده ء دوزخند و جویای بهشت
و انکس که ز اسرار خدا باخبر است
زین تخم در اندرون دل هیچ نکشت

۲۱

یارب تو گلم سرشته یی من چکنم
پشم و قصبم تو رشته یی من چکنم
هر نیک و بدی که آید از من بوجود
خود بر سر من نوشته یی من چکنم

一九

当初你把我的泥土倒入坯模，
就铸就我犯千奇百怪的罪过。
那时就铸定我不可能再好一点，
脱坯时就铸成了这样的我。

二〇

在学校、修道院和犹太教堂，
人人都怕入地狱向往天堂。
只有那个洞悉了主的玄机的人，
不把这样的种子种到心上。

二一

主啊，是你用泥土塑造了我，
身上的毛麻衣料是你制作。
我一生善恶早在头上写就，
对此，我只有徒唤奈何。

۲۲

مسکین دل دردمند دیوانهء من
هشیار نشد ز عشق جانانه ء من
روزی که شراب عاشقی میدادند
در خون جگر زدند پیمانه ء من

۲۳

در ملک تو از طاعت من هیچ فزود
و ز معصیتی که رفت نقصانی بود
مگذار و مگیر ز انکه معلومم شد
گیرنده ء دیری و گذارنده ء زود

۲۴

با نفس همیشه در نبردم چکنم
و ز کرده ء خویشتن بدردم چکنم
گیرم که ز من در گذرانی بکرم
ز ین شرم که دیده یی چه کردم چکنم

二二

我这颗痛苦得近于癫狂的心，
无法领略心上人的至爱之情。
打从递给我爱之佳酿的那天，
就在这酒杯中注入了伤痛。

二三

俯首遵命，对你无所增添，
桀骜不驯，大小总是个缺点。
就让我们无生无灭吧，何必
先造了又收回，只是时间早晚。

二四

我一直在同自己的劣性斗争，
为自己的作为深感苦痛。
就算你宽大为怀恕我无罪，
面对你，我羞愧得无地自容。

۲۵

ما و تو بهم نمونهء پرگاریم
سر گر چه دو کرده ایم یکتن داریم
بر نقطه روانیم کنون دائره وار
تا آخر کار سر بهم باز آریم

۲۶

بر بستر خاک خفتگان می بینم
در زیر زمین نهفتگان می بینم
چندانکه بصحرا ی عدم می نگرم
نا آمدگان و رفتگان می بینم

۲۷

می پرسیدی که چیست این نقش مجاز
گر بر گویم حقیقتش هست دراز
نقشی است پدید آمده از دریایی
وانگاه شده بقعر آن دریا باز

二五

我与你两者就像一个圆规，
虽然有两只脚，却共一个躯体。
围着一个圆心画出个圆形，
到头来弧线终又连到一起。

二六

我看到地上一些人昏睡不醒，
我看到地下一些人土掩泥封。
放眼向虚无的原野望去，
匆匆去来，一个个奔波不停。

二七

你问虚幻的画图是何情状，
要让我讲出真情说来话长。
这图画原本来自海底，
它终归再回到深邃的海洋。

۲۸

بازی بودم پریده از عالم راز
تا بو که پرم دمی ز شیبی بفراز
اینجا چو نیافتم کسی محرم راز
ز آن در که در آمدم برون رفتم باز

۲۹

ما لعبتگانیم و فلک لعبت باز
از روی حقیقتی نه از روی مجاز
بازیچه همی کنیم بر نطع وجود
افتیم بصندوق عدم یک یک باز

۳۰

اسرار ازل را نه تو دانی و نه من
وین حرف معما نه تو خوانی و نه من
هست از پس پرده گفتگوی من و تو
چون پرده بر افتد نه تو مانی و نه من

二八

我原是一只鹰，来自虚幻之乡，
希望一展双翅，弃低谷高翔。
在此处找不到倾心知己，
我终将回到所来的地方。

二九

我们都是木偶，牵线者是天，
我说的是实情，而不是戏言。
在场上任人舞弄一番之后，
又一一收入虚无的匣子里边。

三〇

这亘古大谜你我都茫然不懂，
这谜样的天书你我都解读不通。
大幕未落，你我尽可交谈言笑，
大幕落时，你我都无影无踪。

۳۱

چون روزی تو خدا ی قسمت فرمود

هرگز نکند کم و نخواهد افزود

آسوده ز هر چه هست می باید شد

و آزاده ز هر چه نیست می باید بود

۳۲

از آمدن و رفتن ما سودی کو

و ز تار وجود بود ما پودی کو

در مجمر چرخ جان چندین پاکان

می سوزد و خاک میشود دودی کو

۳۳

ای چرخ همه خرابی از کینهء تست

بیدادگری پیشهء دیرینه ء تست

ای خاک اگر سینه ء تو بشکافند

بس گوهر قیمتی که درسینهء تست

三一

你一生的份额已经由主分定，
它绝对一分不减一分不增。
份内的你心安理得地受用，
份外的也无需苦苦去争。

三二

我们来去匆匆到底是为了哪般？
缘何只有生命的经线不见纬线？
命运的火炉烧灼正直人的生命，
生命化为焦土却不见半缕青烟。

三三

苍天啊，天灾人祸都源自你的仇恨，
暴虐无道是你历来的本分。
大地啊，有朝一日剖开你的腹腔，
那里面藏有多少财宝金银。

۳۴

هر چند که روی و موی زیبا ست مرا

چون لاله رخ و چو سرو بالا ست مرا

معلوم نشد که در طربخانه ء خاک

نقاش ازل بهر چه آراست مرا

۳۵

این اهل قبور خاک گشتند و غبار

هر ذره ز هر ذره گرفتند کنار

آه این چه شرابیست که تا روزشمار

بیخود شده و بیخبرند از همه کار

۳۶

جانم بفدا ی آنکه او اهل بود

سر در قدمش اگر نهم سهل بود

خواهی که بدانی بیقین دوزخ را

دوزخ بجهان صحبت نا اهل بود

三四

我生就一头美发和美好的面庞，
躯体如松柏，面如郁金香。
令人不解的是那永恒的画家因何
在造化的花坛上把我画成这样？

三五

这墓中人们的身躯尸骨，
颗颗粒粒都化入了泥土。
他们饮下了什么酒，直到末日，
都人事不省，醉得一塌糊涂？

三六

我愿把生命向真正的人奉献，
对真正的人俯首听命甘心情愿。
你要探究究竟什么是地狱，
地狱是懦夫小人的无知妄言。

۳۷

ای چرخ دلم همیشه غمناک کنی

پیراهن خرمی من چاک کنی

بادی که بمن وزد تو آتش کنیش

آبی که خورم در دهنم خاک کنی

۳۸

ز آوردن من نبود گردون را سود

و ز بردن من جاه و جلالش نفزود

از هیچ کسی نیز دو گوشم نشنود

کآوردن و بردن من از بهرچه بود

۳۹

افلاک که جز غم نفزایند دگر

ننهند بجا تا نربایند دگر

ناآمدگان اگر بدانند که ما

از دهر چه می کشیم نایند دگر

三七

苍天啊，你总是使我的心悲凄，
一把撕破我欢乐的外衣。
清风向我吹来，你变风为火，
我要喝水，你往我口中塞泥。

三八

让我出生对人世无所增益，
让我死去于人世无丝毫不利。
我双耳从未听人阐释清楚，
我缘何而生，又缘何而去。

三九

上苍撒向人间全都是忧愁，
让一个人出生，先把一个掠走。
未出世的若晓得我们在人世之苦，
他决然不会也到世上苦受。

۴۰

آنانکه جهان زیر قدم فرسودند

و اندر طلبش هر دو جهان پیمودند

آگاه نیم از آنکه آنان زین پیش

از کار چنانکه هست آگه بودند

۴۱

قومی متفکرند در مذهب و دین

جمعی متحیرند در شک و یقین

ناگاه منادیی برآید ز کمین

کای بیخبران راه نه آنست و نه این

۴۲

این جمع اکابر که مناصب دارند

از غصه و غم ز جان خود بیزارند

و انکس که اسیر حرص چون ایشان نیست

این طرفه که آدمیش می نشمارند

四〇

有人为了探求两世的隐秘，
苦苦求索，把山河踏遍。
他们能否洞悉事物的底蕴，
对此，我实在无法判断。

四一

一群人探索宗教教义，
一群人惊叹世上的信与疑。
骤然暗处响起一声高喊：
无知的人们，你们都没找到真理。

四二

有些人位高名显无耻贪婪，
仍感痛苦，对生命感到厌倦，
他们视不像自己贪婪的人为异类，
而不把这些人当作人看。

۴۳

آنها که کهن شدند و آنها که نوند

هر یک بمراد خویش لختی بدوند

وین شغل جهان بکس نماند جاوید

رفتند و رویم و دیگر آیند و روند

۴۴

هر دل که در او مهر و محبت نسرشت

خواه اهل سجاده باش خواه اهل کنشت

در دفتر عشق نام هر کس که نوشت

آزاد ز دوزخ است و فارغ ز بهشت

۴۵

دوری که در او آمدن و رفتن ماست

آنرا نه بدایت نه نهایت پیداست

کس می نزند دمی در این معنی راست

کاین آمدن از کجا و رفتن ز کجاست

四三

故人已去新人来，一代接一代，
各有自己的目标和期待。
缤纷的万象对谁都不会永存，
一批人走了，一批人又来。

四四

一个人若没有爱在他的心田，
任他跪拜在清真寺和教堂前。
谁的名字若载入爱的册簿，
面对火狱与天堂都活得泰然。

四五

我们来去匆匆的宇宙，
上不见渊源，下不见尽头。
从来无人道出个中隐秘，
我们从何处来，向何处走。

۴۶

آنها که فلک ریزهء دهر آرایند

آیند و روند و باز با دهر آیند

در دامن آسمان و در جیب زمین

خلقیست که تا خدا نمیرد زایند

۴۷

گر بر فلکم دست بدی چون یزدان

بر داشتمی من این فلک را ز میان

و ز خود فلکی دگر ز نو ساختمی

کآزاده بکام دل رسیدی آسان

۴۸

چون کار نه بر مراد ما خواهد بود

اندیشه و جهد ما کجا دارد سود

پیوسته نشسته ایم در حسرت آنک

دیر آمده ایم و رفت می باید زود

四六

人，堪称是世界上一景，
随时间去来，来去何其匆匆。
在天宇之下，在大地之上，
只要真主在，人就会不断出生。

四七

如若能像天神一样主宰苍天，
我就把这苍天一举掀翻。
再铸乾坤，重造天宇，
让不愿作奴隶的人称心如愿。

四八

既然世事难合我们的心意，
思虑与挣扎又有什么意义。
何必终日困坐，愁锁心头，
怨自己来得迟，又去得疾。

۴۹

بس پیرهن عمر که هر شب افلاک
بر دوخته و کرده گریبانش چاک
هر روز بسی زمانه شاد و غمناک
از آب بر آورد و فرو برد بخاک

۵۰

چون جود ازل بود مرا انشا کرد
برمن زنخست درس عشق املا کرد
وانگاه قراضه ریزه ء قلب مرا
مفتاح خزاین در معنی کرد

۵۱

مقصود ز جمله آفرینش ماییم
در چشم خرد جوهر بینش ماییم
این دایره ء جهان چوانگشتریی ست
بی هیچ شکی نقش نگینش ماییم

四九

老天每晚都缝制生命的衣衫，
缝好随即就把它从衣领撕烂。
每日每时都有几家欢乐几家忧愁，
生命源自于水，最终在地底收敛。

五〇

永恒的主宰当初创造了我，
早早就教我爱的功课。
将我破碎的心打磨成钥匙，
好开启隐秘宝箱的锁。

五一

我们是世上万物的中心，
我们是智慧之目的光。
世界是未嵌宝石的戒指，
我们是宝石镶嵌在戒指之上。

۵۲

آنانکه محیط فضل و آداب شدند
در کشف علوم شمع اصحاب شدند
ره زین شب تاریک نبردند برون
گفتند فسانه یی و در خواب شدند

۵۳

اسرار جهان چنانکه در دفتر ما ست
گفتن نتوان که آن وبال سر ما ست
چون نیست در این مردم دنیا اهلی
نتوان گفتن هر آنچه در خاطر ما ست

۵۴

هر چند دلم ز علم محروم نشد
کم ماند ز اسرار که مفهوم نشد
اکنون که بروی کار در می نگرم
معلومم شد که هیچ معلوم نشد

五二

有人博学多才是学界的精英，
探微钩玄，如明烛照彻人们心灵。
但他们无法冲出这漫漫长夜，
夸夸其谈一番，复归沉沉大梦。

五三

人间玄机深藏在我心底，
不可明言，谨防人头落地。
世人中找不到一个有识之士，
心底的隐情不能对人畅叙。

五四

我的心智时时把学问探讨，
使我困惑的问题已经很少。
而今当我又放眼观察世事，
才发现原来什么都不曾知晓。

۵۵

این چرخ جفا پیشه ء عالی بنیاد
هر گز کره بسته ء کس را نگشاد
هر جا که یکی دید که داغی دارد
داغی دگرش بر سر آن داغ نهاد

۵۶

آن مرد نیم کز عدمم بیم بود
آن نیم مرا خوشتراز ین نیم بود
جانی است بعاریت مرا داده خدای
تسلیم کنم چو وقت تسلیم بود

۵۷

بر ترز سپهر خاطرم روز نخست
لوح و قلم و بهشت و دوزخ می جست
پس گفت مرا معلم از علم درست
لوح وقلم و بهشت و دوزخ رخ تست

五五

这高高在上的折磨人的苍穹，
从不把折磨人的死结松动。
当他发现一个人正在受苦，
总在人旧痛之上再加新痛。

五六

我并不担心生命一旦消亡，
或许彼世真的比此世欢畅。
我这条命本自真主手中借得，
到清偿时我当会从容清偿。

五七

当初，我就探寻这苍穹的奥秘，
审视自己言行，探讨天堂与地狱。
老师告诉我他的真知灼见，
一生言行天堂地狱全在自己。

۵۸

این کهنه رباط را که عالم نام است
آرامگه ابلق صبح و شام است
بزمی است که وامانده ء صد جمشید است
قصری است که تکیه گاه صد بهرام است

۵۹

در دهر کسی بگلعذاری نرسید
تا بر دلش از زمانه خاری نرسید
در شانه نگر که تا بصد شاخ نشد
دستش بسر زلف نگاری نرسید

۶۰

از واقعه یی ترا خبر خواهم کرد
و انرا به دو حرف مختصر خواهم کرد
با عشق تو در خاک فرو خواهم شد
با مهر تو سر ز خاک بر خواهم کرد

五八

这名为世界之地是人间逆旅，
在这里日月穿梭，昼夜轮替。
它是百个贾姆希德的残宴，[3]
是墓，是百个巴赫拉姆永眠之地。[4]

五九

命运的芒刺未刺伤你的心脾，
人生在世就难觅红颜知己。
木梳上倘没有上百个劈痕，
怎能把美人的秀发拢在手里。

六〇

要我向你道出我的心意，
简单明了，两句话足矣。
怀着对你的爱我葬身地底，
为了这爱，我又腾身而起。

۶۱

تا دست باتفاق بر هم نزنیم

پایی ز نشاط بر سر غم نزنیم

خیزیم و دمی زنیم پیش از دم صبح

کاین صبح بسی دمد که ما دم نزنیم

۶۲

مرغی دیدم نشسته بر باره ء طوس

در پیش نهاده کلّه ء کیکاوس

با کلّه همی گفت که افسوس افسوس

کو بانگ جرسها و کجا ناله ء کوس

۶۳

بسیار بگشتم بگرد در و دشت

یک کارمن از گردش من نیک نگشت

خرسندم از آنکه عمر من با همه رنج

گر خوش نگذشت بازخوش خوش بگذشت

六一

如若你我不同心携手，

便无缘共享欢乐，驱散忧愁。

趁黎明前且饮晨酒一杯，

日日黎明，你我走后便无法回首。

六二

我看到一只鸟落到图斯城垣，[5]

卡乌斯的头骨就在小鸟脚前。[6]

鸟对头骨说：遗憾啊，遗憾，

再也听不到铃声，听不到鼓乐喧天。

六三

我曾到处奔波，踏遍高山平原，

世事并未因此得到些许改变。

虽一生辛劳我仍感到欣慰，

痛苦生活正在渐渐接近终点。

۶۴

ای دل چو نصیب تو همه خون شدن است

احوال تو هر لحظه دگر گون شدن است

ای جان تو در این تنم چه کار آمده یی

چون عاقبت کار تو بیرون شدن است

۶۵

افسوس که بی فایده فرسوده شدیم

و ز طاس سپهرسرنگون سوده شدیم

دردا و ندامتا که تا چشم زدیم

نابوده بکام خویش نابوده شدیم

۶۶

آن قصر که بر چرخ همی زد پهلو

بر درگه او شهان نهادندی رو

دیدیم که بر کنگره اش فاخته یی

بنشسته همی گفت که کو کو کو کو

六四

心啊，你无时无刻不受痛苦煎熬，
你时时都感到新的不安与焦躁。
灵魂啊，你何必附到我的躯体，
最终还是要飞离，迹灭形消。

六五

多么遗憾，一事无成已然老迈龙钟，
人世消磨，现在已是腰弯背弓。
可悲可叹啊，不过转瞬之间，
韶华虚度，生命行将告终。

六六

看那宫宇飞檐上达天都，
那原是帝王的高堂华屋。
请听那墙垛上有只布谷鸟，
声声凄冷地叫：咕、咕、咕、咕。⁷

۶۷

ای چرخ ز گردش تو خرسند نیم

آزادم کن که لایق بند نیم

گر میل تو با بی خرد و نا اهل است

من نیز چنان اهل و خردمند نیم

۶۸

ترسم که چو بیش ازاین بعالم نرسیم

با همنفسان نیز فراهم نرسیم

این دم که در او ییم غنیمت شمریم

شاید که بعمر خود در آندم نرسیم

۶۹

عاقل بچه امید در این شوم سرا

بر دولت او نهد دل از بهر خدا

هر گاه که خواهد که نشیند از پا

گیرد اجلش دست که بالافرما

六七

苍天啊，你的运转使我烦躁不安，

给我自由吧，我受不了约束羁绊。

你若属意于愚昧而不仁之人，

我正是这样的人，头脑愚暗。

六八

我怕今后不能再来人间，

怕今后与挚友无缘再见。

我们共生今世，当珍惜此刻，

也许今生今世再难相见。

六九

聪明人啊，对人生逆旅何必心存奢望？

以为真主在上，它会保你如意欢畅。

当一个人刚消停下来，小憩片刻，

死神便不由分说把他逼向死亡。

۷۰

در عشق تو صد گونه ملامت بکشم
ور بشکنم این عهد غرامت بکشم
گر عمر وفا کند جفاهای ترا
باری کم از آنکه تا قیامت بکشم

۷۱

گر آمدنم ز من بدی نامدمی
و ر نیز شدن ز من بدی کی شدمی
به ز ان نبدی که اندرین دیر خراب
نه آمدمی نه شدمی نه بدمی

۷۲

گردون کمری از تن فرسوده ء ما ست
جیحون اثری ز چشم پالوده ء ما ست
دوزخ شرری ز رنج بیهوده ء ما ست
فردوس دری ز وقت آسوده ء ما ست

七〇

我爱上你，却承受百般指责，
如若放弃，我会受到痛苦折磨。
只要不死，我甘愿承受一切，
以免死后受到末日的苛责。

七一

依我心愿，我根本不到世上来，
既来了就不要再从这里走开。
这是一座破庙，最好的选择，
是无来无去，也无所谓驻留。

七二

这苍穹恰似我们伛偻的躯身，
阿姆河水是我们的泪珠滚滚。[8]
阴森的地府是我们无穷的忧虑，
天堂不过是我们的悠然一瞬。

۷۳

خوش باش گه غصّه بی کران خواهد بود
بر چرخ قران اختران خواهد بود
خشتی که ز قالب تو خواهند زدن
بنیاد سرای دیگران خواهد بود

۷۴

چون عمر بسر رسد چه بغداد و چه بلخ
پیمانه چو پر شود چه شیرین و چه تلخ
می نوش که بعد از من و تو ماه بسی
از سلخ بغّره آید از غرّه بسلخ

۷۵

کم کن طمع از جهان و میزی خرسند
و ز نیک و بد زمانه بگسل پیوند
خوش باش چنانکه هست کاین دورفلک
هم بگذرد و نماند این روزی چند

七三

及时行乐吧，忧愁永无尽头，
不像天上的星星总会聚首。
用你的尸土烧制的方砖，
明天又为他人营建广厦高楼。

七四

生命终有尽头，管它巴格达巴尔赫，[9]
杯中酒满，管它甘甜还是苦涩。
痛饮吧，你我走后试看天上明月，
仍将是缺而复圆，圆而复缺。

七五

应清心寡欲高高兴兴生活，
世上善恶是非决意摆脱。
群星运转不息，这咫尺韶华，
分分秒秒逝去，匆匆流过。

۷۶

پیش از من و تو لیل و نهاری بوده است
گردنده فلک برای کاری بوده است
زنهار قدم بخاک آهسته نهی
کآن مردمک چشم نگاری بوده است

۷۷

چون چرخ بکام یک خردمند نگشت
خواهی تو فلک هفت شمر خواهی هشت
چون باید مرد و آرزوها همه هشت
چه مور خورد بگور و چه گرگ بدشت

۷۸

ای دل چو حقیقت جهانست مجاز
چندین چه بری رنج از ین آز و نیاز
تن را بقضا سپار و با داده بساز
کاین رفته قلم ز بهر تو ناید باز

七六

你我出生前日夜已在穿梭轮替，
苍穹悠悠运转自有它的玄机。
当心，你的脚步要轻轻踩踏，
或许美人明眸就在那片地底。

七七

天命从未符合明智者的意愿，
管它是七重天还是八重天。
当大限来临时万念皆灰，
便不问是墓中蚁食或荒郊狼餐。

七八

心灵啊，世事难测扑朔迷离，
何必为利禄欲望终日忧郁。
份额是多少，你就认领多少，
它早已一笔勾定，定而不移。

۷۹

آنرا که وقوفست بر اسرار جهان

شادی و غم جهان بر و شد یکسان

چون نیک و بد جهان همه خواهد شد

خواهی همه درد باش و خواهی درمان

۸۰

فردا که جزای هر صفت خواهد بود

قدر تو بقدر معرفت خواهد بود

درحسن صفت کوش که در رستاخیز

حشر تو بصورت صفت خواهد بود

۸۱

در پرده ء اسرار کسی را ره نیست

زین تعبیه جان هیچکس آگه نیست

جز در دل خاک هیچ منزلگه نیست

فریاد که این فسانه ها کوته نیست

七九

一个人若能把世事参透，
便不怕遭逢什么吉凶喜忧。
因为到头来善恶终归有尽，
无非是久病不起或霍然得救。

八〇

明天对你的善恶将作出裁判，
是赏是罚，取决于你的表现。
行善吧，到世界末日终审之际，
善恶赏罚都将一一兑现。

八一

幕后的玄机无人能够参透，
机关巧妙，无人晓得始末根由。
除了地底再没有其它归宿，
说来话长，至今人们议论不休。

۸۲

هر سبزه که بر کنار جویی رسته است

گویی ز لب فرشته خویی رسته است

پا بر سر سبزه تا بخواری ننهی

کآن سبزه ز خاک ماهرویی رسته است

۸۳

در دهر بر نهال تحقیق نرست

زیرا که دراین راه کسی نیست درست

هر کس زده است دست در شاخی سست

امروز چو دی شناس و فردا چو نخست

۸۴

خاکی که بزیر پای هر حیوانی است

زلف صنمی و عارض جانانی است

هر خشت که بر کنگره ء ایوانی است

انگشت وزیری و سرسلطانی است

八二

看小溪岸边一片嫩草如茵，

或许草下有天仙般美女朱唇。

漫步草坪时千万放轻脚步，

或许地下憩息着如花美人。

八三

天地间尚未长出真理嫩苗，

在求索的路上无人把真理寻到。

每人都攀上一根细弱的枝条，

却今日误作明日，把末日与初始颠倒。

八四

地上生灵脚下的每一片黄土，

都覆盖着美人面颊，情人的发肤。

楼台殿阁上的每块青砖，

都来自大臣的手臂、国王的头颅。

۸۵

چند از پی حرص و آز تن فرسوده
ای دوست روی گرد جهان بیهوده
رفتیم و روند و هر که آید و رود
یکدم بمراد خویشتن نابوده

۸۶

آ ن به که در ین زمانه کم گیری دوست
با اهل زمانه صحبت از دور نکو ست
آنکس که ترا بجملگی تکیه بدوست
چون چشم خرد باز کنی دشمنت اوست

۸۷

افسوس که عمر رفت بر بیهوده
هم لقمه حرام و هم نفس آلوده
نا کردن فرموده سیه رویم کرد
فریاد ز کرده های نا فرموده

八五

朋友啊，何必为利禄苦苦奔忙，
劳碌奔波到头是空忙一场。
匆匆来去的芸芸众生，
没有享受到片刻舒心的时光。

八六

当今世道最好少交朋友，
与行时当道的人谨慎交往应酬。
你把自己一切都托付予人，
定睛一看，他正是你的冤家对头。

八七

遗憾啊，碌碌无为虚度终生，
饮食犯禁，心性冥顽不灵。
未遵从教导，我无颜见人，
背离教喻，我担了一桩罪名。

۸۸

خرم دل آن کسی که معروف نشد

در فوطه و در اطلس و در صوف نشد

سیمرغ وش از سر دو عالم بر خاست

در کنج خراب همچنان بوم نشد

۸۹

افسوس که سر مایه ز کف بیرون شد

در دست اجل بسی جگرها خون شد

کس نآمد از آنجهان که تا پرسم از و

کاحوال مسافران عالم چون شد

۹۰

خوش باش که پخته اند سودای تو دی

ایمن شده از همه تمنای تو دی

تو شاد بزی که بی تقاضای تو دی

دادند قرار کار فردای تو دی

八八

令人欣慰的是不在世上出名，
不必衣衫褴褛，不穿绸缎呢绒。
如振翅高飞两界的不死鸟，
不作破瓦残垣上的猫头鹰。

八九

多么遗憾，生命在不断逝殇，
死神逼得多少人痛断肝肠。
没有一个人从彼世带来信息，
让我们问讯远行人的近况。

九〇

何必愁烦，他们曾使你充满幻想，
但又不让你实现其中任何一桩。
说什么好，他们从未问你的意愿，
昨天就已预定了你明天的下场。

۹۱

چون حاصل آدمی در ین دیر دو در
جز خون دل و دادن جان نیست دگر
خرم دل آنکسی که نآمد بوجود
آسوده کسی که خود نزاد از مادر

۹۲

آنها که بکار عقل در میکوشند
هیهات که جمله گاو نر میدوشند
آن به که لباس ابلهی در پوشند
کامروز بعقل تره می نفروشند

۹۳

دل سرّ حیات را کماهی دانست
در موت هم اسرار آلهی دانست
امروز که با خودی ندانستی هیچ
فردا که زخود روی چه خواهی دانست

九一

在这有出有入两门的残破庙堂，

不是平日受苦就是一朝死亡。

要称心如意根本不应出生，

图安闲自在不应离开母体来到世上。

九二

有人凭理智把世事探求，

是想取奶汁，却挤公牛乳头。

承认自己愚昧岂不更好，

如今，理智换不到一根葱韭。

九三

你的心怎能洞悉生命的真谛，

把死亡认定是真主的玄机。

现在你活着尚且什么都不懂，

明天一死，你能弄懂什么东西。

۹۴

بودی که نبودت بخور و خواب نیاز

کردند نیازمندت این چار انباز

هر یک بتو آنچه داد بستاند باز

تا باز چنان شوی که بودی ز آغاز

۹۵

در عالم جان بهوش می باید بود

در کار جهان خموش می باید بود

تا چشم و زبان و گوش بر جا باشد

بی چشم و زبان و گوش می باید بود

۹۶

گر در پی شهوت و هواخواهی رفت

از من خبرت که بی نوا خواهی رفت

بنگر چه کسی و از کجا آمده یی

می دان که چه میکنی کجا خواهی رفت

九四

即使你不吃不喝不息不眠，
也无法割断与四大元素的关联。[10]
谁给了你什么他终会收回，
你原来是什么终归复原。

九五

人生在世应时时保持机警，
对纷纭的世事应默不作声。
人虽然生得有眼有舌有耳，
但要装得又瞎又哑又聋。

九六

如果你一意贪欢，纵欲无度，
我断定你下场可悲一无所获。
应有自知之明，知道从何处来，
弄清你在做什么，去向何处。

۹۷

ای گشته شب و روز بدنیا نگران
اندیشه چه میکنی تو از روز گران
آخر نفسی ببین و باز آی بخود
کایّام چگونه میکند با دگران

۹۸

از تن چو برفت جان پاک من و تو
خشتی دو نهند در مغاک من و تو
و انگه ز برای خشت گور دگران
در کالبدی کشند خاک من و تو

۹۹

کو محرم راز تا بگویم یکدم
کز روز نخست خود چه بودست آدم
محنت زده ء سرشته یی از گل غم
یک چند جهان بگشت و برداشت قدم

九七

朋友，你日夜为尘世利禄忧愁，
何不想有个总清算的时候？
奉劝你万勿迷惘，清醒片刻，
看世道可是对你独薄对人独厚？

九八

当纯洁的灵魂从你我身体飞出，
用他人尸土做砖为你我修墓。
有朝一日为他人脱坯制砖，
模里倒的又将是你我的尸土。

九九

何处觅一知心人倾诉愁肠，
问一声人原本是什么模样。
人本是愁泥塑成的愁客，
世上漫游一番，又启程奔赴他乡。

۱۰۰

نیکی و بدی که در نهاد بشر ست

شادی و غمی که درقضا و قدرست

با چرخ مکن حواله کاندربر عقل

چرخ از تو هزار بار بیچاره تر ست

۱۰۱

تا کی ز چراغ مسجد و دود کنشت

تا کی ز زیان دوزخ و سود بهشت

بر لوح قضا نگر که از روز ازل

استاد هر آنچه بودنی بود نوشت

۱۰۲

تا چند اسیر رنگ و بو خواهی شد

چند ازپی هرزشت و نکوخواهی شد

گر چشمه ء زمزمی و گر آب حیات

آخر بدل خاک فرو خواهی شد

一〇〇

善与恶早由本性注定，
苦与乐早经命运安排。
放聪明些，不必埋怨苍天，
苍天比你我一千倍无奈。

一〇一

何必盯着教堂烟火和寺里的灯光，
何时不再恐惧地狱不再向往天堂。
看看自己操行簿上的优劣记录，
老师当初就把你的际遇记到簿上。

一〇二

到何时你不再痴迷于享乐声色，
到何时不再计较美好与丑恶。
纵然你是神泉，是活命的水，
到头来还不是在地底埋没。

۱۰۳

ای دل ز غبار جسم اگر پاک شوی
تو روح مجردی بر افلاک شوی
عرش است نشیمن تو شرمت بادا
کآیی و مقیم خطّهء خاک شوی

۱۰۴

این کوزه گران که دست درگل دارند
عقل و خرد و هوش برآن بگمارند
مشت و لگد و طپانچه تا چند زنند
خاک پدران است چه می پندارند

۱۰۵

بر کوزه گری پریر کردم گذری
از خاک همی نمود هر دم هنری
من دیدم اگر ندید هر بی خبری
خاک پدرم بر کف هرکوزه گری

一〇三

心啊，你若能洗净身上的尘埃，
便成为超然之灵，高翔于天外。
天堂便成为你栖身之所，
何苦在这泥土的尘世徘徊。

一〇四

看那终日和泥捣土的陶工，
劳作时倾注了全部智慧心灵。
对那陶土他们狠狠拳打脚踏，
那是父辈的骨殖，他们怎么不懂。

一〇五

昨晚我走过一间陶罐作坊，
见陶工手上陶土渐渐成形成样。
粗心人无法发现，我却看到，
先人的骨殖就在陶工手上。

۱۰۶

در کارگه کوزه گری کردم رای

در پایه ء چرخ دیدم استاد بپای

میکرد سبو و کوزه را دسته وسر

از کلّه ء پادشاه و از پای گدای

۱۰۷

این کوزه چو من عاشق زاری بوده ست

در بند سر زلف نگاری بوده ست

این دسته که در گردن او می بینی

دستی است که بر گردن یاری بوده ست

۱۰۸

در کارگه کوزه گری رفتم دوش

دیدم دو هزار کوزه گویا و خموش

ناگاه یکی کوزه بر آورد خروش

کو کوزه گر وکوزه خر وکوزه فروش

一〇六

一次我看见一家陶器作坊，
陶工就在旋轮旁站立。
他为陶壶陶罐制作壶盖罐把，
用的是国王头骨和乞丐手臂。

一〇七

这陶罐也像我们是不幸的恋人，
也陷入情人发卷编织的情网。
仔细端详那陶罐上的把手，
那手也曾轻拢在情人的颈上。

一〇八

昨夜我经过一间陶罐作坊，
见两千陶罐有的沉默有的吵嚷。
猛然间，响起高声断喝：
烧罐的买罐的卖罐的现在何方？

۱۰۹

لب بر لب کوزه هیچ دانی مقصود
یعنی لب من نیز چو لبهای تو بود
آخر که وجود تو نماند جاوید
لبهات چنین شود بفرمان ودود

۱۱۰

ای کوزه گر آهسته اگر هشیاری
تا چند کنی بر گل آدم خواری
انگشت فریدون و سر کیخسرو
بر چرخ نهاده یی چه می پنداری

۱۱۱

این کاسه که بس نکوش پرداخته اند
بشکسته و در رهگذر انداخته اند
زنهار بر او قدم بخواری ننهی
کاین کاسه زکاسه های سرساخته اند

一〇九

不经意间我的唇触到酒罐的唇，
它告我，我的唇也曾如你的唇。
你的生命也不会永驻不逝，
按心上人指令你的唇也如我的唇。

一一〇

陶工师傅啊，如若明智你应懂得，
泥中有人的骨殖，何时不再把它折磨？
那是法里东的手指和胡斯鲁的头颅，¹¹
你怎么把它们都一一放上旋车？

一一一

一只碗制作得雅致精良，
一朝打碎，被人遗弃到路旁。
当心，切莫粗暴地踏上一脚，
先人的头骨还在它的碎片上。

۱۱۲

آن کاسه گری که کاسه ء سرها کرد
در کاسه گری صنعت خود پیدا کرد
بر خوان وجود ما نگون کاسه نهاد
و ان کاسهء سر نگون پر از سودا کرد

۱۱۳

روزی که گذشتست از و یاد مکن
فردا که نیامده است فریاد مکن
بر نامده و گذشه بنیاد مکن
حالی خوش باش وعمر برباد مکن

۱۱۴

بر چهره ء گل نسیم نوروز خوش است
در صحن چمن روی دل افروز خوش است
از دی که گذشت هر چه گویی خوش نیست
خوش باش و زدی مگوکه امروزخوش است

一一二

陶工师傅用人头骨制碗，
他的手艺可谓高超熟练。
在吞噬生命的宴席上把碗倒置，
在倒置的碗中装满幻想与愁烦。

一一三

昨日已逝，何劳我们追忆，
来日未卜，知它是凶是吉。
过去与未来都不足凭信，
珍重当今，莫让年华匆匆流去。

一一四

新春微风从花瓣上轻轻吹过，
情人的面庞艳如草坪上的花朵。
已往的岁月说来令人扫兴，
往事已逝，今日及时行乐。

۱۱۵

ای دوست غم جهان به بیهوده مخور

بیهوده غم جهان فرسوده مخور

چون بوده گذشت و نیست نابوده پدید

خوش باش و غم بوده و نابوده مخور

۱۱۶

چون واقفی ای پسر بهر اسراری

چندین چه بری بیهده هر تیماری

چون می نرود باختیارت کاری

خوش باش درین نفس که هستی باری

۱۱۷

آنکس که زمین و چرخ و افلاک نهاد

بس داغ که او بر دل غمناک نهاد

بسیارلب چو لعل و زلفین چو مشک

در طبل زمین و حقهء خاک نهاد

一一五

朋友啊，何必为这世道空自忧愁，

世道已衰颓破败，何必为它愁溢心头。

已往的已往，未来的尚未到来，

及时行乐吧，切勿为得失担忧。

一一六

孩子啊，你既然洞悉各种隐秘，

何必空自愁烦，无谓忧虑。

世事难料，成败不取决于你我，

及时行乐吧，趁尚有一丝呼吸。

一一七

他创造了茫茫宇宙人间天地，

在世人痛苦的心中植下太多忧郁。

多少宝石般的朱唇和如月面庞，

都被他深深埋入地底。

۱۱۸

عالم اگر از بهر تو می آرایند
مگرای بدان که عاقلان نگرایند
بسیار چو تو روند و بسیار آیند
بربای نصیب خویش کت بربایند

۱۱۹

از جمله ء رفتگان این راه دراز
باز آمده یی کو که خبر گوید باز
زنهار در ین دو راهه ء آز و نیاز
تا هیچ نمانی که نمی آیی باز

۱۲۰

اجرام که ساکنان این ایوانند
اسباب تردّد خردمندانند
هان تا سررشته ء خرد گم نکنی
کانها که مدبّرند سر گردانند

一一八

即使世界为你而创造妆点，
也不要恋世，聪明人不眷恋人间。
众多似你的人已去，还有许多要来，
领取定数吧，你也会被赶出人寰。

一一九

看这漫漫长途上缕缕行行的行人，
可有一个返回，回答我们一声讯问？
当心，在这阴阳两界交叉道口，
你留不下什么，去后无法回身。

一二〇

看这茫茫宇宙中的纷繁的星球，
令智者心生迷惑，捉摸不透。
千万别在谜团中失却理智之线，
越精明的人越昏脑昏头。

۱۲۱

ایدل همه اسباب جهان خواسته گیر

باغ طر بت به سبزه آر استه گیر

و انگاه بر ان سبزه شبی چون شبنم

بنشسته و بامداد بر خاسته گیر

۱۲۲

چندین غم مال وحسرت دنیا   چیست

هر گز دیدی کسی که   جاوید بزیست

این یک دو نفس که در تنت   عاریتست

با عاریتی عاریتی   باید زیست

۱۲۳

ای بیخبر این شکل مجسّم   هیچ است

و ین دایره ء سطح مخیّم   هیچ است

خوش باش که در نشیمن کون و فساد

وابسته ء یک دمیم و آن هم هیچ است

一二一

心啊，纵然你搜罗尽天下财产，
享受草坪和寻欢作乐的花园，
也不过像草上的夜露一滴，
夜尽朝来，露珠便霎时蒸干。

一二二

何必为浮生利禄如此忧伤，
可曾见有谁永不死亡？
你胸中的吐纳之气乃借贷而来，
既然是借贷，日后定然清偿。

一二三

不明真相的人啊，你身边充满虚妄，
你栖身的所在也是一片虚妄。
及时行乐吧，在这破烂不堪的世界，
我们只停留一瞬，这一瞬也是虚妄。

۱۲۴

هر صبح که روی لاله شبنم گیرد
بالای بنفشه در چمن خم گیرد
انصاف مرا زغنچه خوش می آید
کو دامن خویشتن فراهم گیرد

۱۲۵

تا در تن تست استخوان و رگ و پی
از خانه ء تقدیر منه بیرون پی
گردن منه ار خصم بود رستم زال
منّت مبر ار دوست بود حاتم طی

۱۲۶

گر دست دهد ز مغز گندم نانی
و ز می دو منی ز گوسفندی رانی
با ماهرخی نشسته در بستانی
عیشی بود آن نه حدّ هر سلطانی

一二四

清晨，露珠卧在郁金香花瓣，
紫罗兰躬身向草坪致意寒暄。
我喜欢含苞欲放的蓓蕾，
它伸出手，提起自己的衣衫。

一二五

只要骨肉血脉构成你的躯身，
便休想摆脱既定的命运。
对手是鲁斯塔姆也不要屈膝，[12]
朋友是哈丁台也不要伸手求人。[13]

一二六

如若有两张大饼捧在你手，
加上一只羊腿和两罐美酒，
与心上人在荒原小酌，
这福分不是每个君王都能享有。

۱۲۷

از حادثه ء زمان زاینده مترس
و زهر چه رسد چو نیست پاینده مترس
این یک دم نقد را بعشرت بگزار
از رفته میندیش و ز آینده مترس

۱۲۸

پندی دهمت اگر بمن داری گوش
از بهر خدا جامه ء تزویر مپوش
عقبی همه ساعتست و دنیا یک دم
از بهر دمی ملک ابد را مفروش

۱۲۹

راز از همه ناکسان نهان باید داشت
و اسرار نهان ز ابلهان باید داشت
بنگر که بجای مردمان خود چه کنی
چشم از همه مردمان همان باید داشت

一二七

时光如同逝水，世事何需恐惧，
身边的一切终将成为过去。
欢乐地度过这眼前的瞬间，
过去不必追忆，未来无需忧虑。

一二八

如果愿意，请记取一句忠言，
真主保佑，不要披上作伪的衣衫。
世上勾留不过一瞬，彼世永恒，
为这一瞬为什么要断送永远？

一二九

隐秘不可对卑微小人言讲，
隐秘对俗人蠢汉也应提防。
设想你是他人，看他如何处世，
你看他人怎样，你就怎样。

۱۳۰

گر شهره شوی بشهر شرّالناسی

ور گوشه نشین شوی همه وسواسی

به زان نبود گر خضر و الیاسی

کس نشناسد ترا تو کس نشناسی

۱۳۱

هر گز بطرب شربت آبی نخورم

تا از کف اندوه شرابی نخورم

نانی نزنم در نمک هیچ کسی

تا از جگر خویش کبابی نخورم

۱۳۲

امروز ترا دست رس فردا نیست

و اندیشه ء فردات بجز سودا نیست

ضایع مکن این دم اردلت شیدا نیست

کاین باقی عمر را بها پیدا نیست

一三〇

誉满全城，你会成为众矢之的，
觅地隐居，你心中又充满不安狐疑。
最好像海扎尔和阿里亚斯，[14]
你不认识别人，别人也不认识你。

一三一

若我未饮下人生这杯苦酒，
永无缘把欢乐醇酒消受。
我宁肯把自己的心肝制成烤肉，
也不会蘸着别人的盐入口。

一三二

今天你无法决定自己的明天，
怀明日之忧岂不过于荒诞。
若是有心人，你应珍惜现在，
来日难料，可贵的是当前。

۱۳۳

ای دوست بیا تا غم فردا نخوریم

و ین یک دم نقد را غنیمت شمریم

فردا که از ین دیر کهن در گذریم

با هفت هزار سالگان سر بسریم

۱۳۴

خیّام ز بهر گنه این ماتم چیست

و زخوردن غم فایده بیش و کم چیست

آنرا که گنه نکرد غفران نبود

غفران ز برای گنه آمد غم چیست

۱۳۵

وقتست که از سبزه جهان آرایند

موسی دستان ز شاخ کف بنمایند

عیسی نفسان ز خاک بیرون آیند

و ز چشم سحاب چشمه ها بگشایند

一三三

朋友啊，切莫为来日空自烦愁，
应把眼前瞬间把握在手。
明天我们将离开这座破庙，
与七千年前离去的人们聚首。

一三四

海亚姆啊，不必为犯罪而忧虑，
空自悲伤忧虑，于事何益？
人若不犯罪，何必要宽赦，
既有宽赦，犯了罪又有什么顾虑？

一三五

大好春光，大地点缀一片翠绿，
穆萨的手在树枝上轻轻抬起。[15]
黄土中升腾起尔撒的气息，[16]
云中洒下清泉般的春雨。

۱۳۶

برخیز و مخور غم جهان گذران

بنشین و جهان بشادکامی گذران

در طبع جهان اگر وفایی بودی

نوبت بتو خود نیامدی از دگران

۱۳۷

از بودنی ایدوست چه داری تیمار

و ز فکرت بیهوده دل و جان افکار

خرّم بزی و جهان بشادی گذران

تدبیر نه با تو کرده اند اول کار

۱۳۸

زنهار کنون که میتوانی باری

بردار ز خاطر عزیزان باری

کاین دولت ده روزه نماند جاوید

از دست تو هم برون رود یکباری

一三六

快起身，莫为这易逝的人生心伤，
让我们高高兴兴度过这咫尺韶光。
天地间如若有既定之理，
决然不会轮到你生到世上。

一三七

朋友，何必为纷纭的世事忧愁，
不要让心智陷入无谓之忧。
生于人世就要高高兴兴地过活，
定数难移，你一生际遇早已铸就。

一三八

趁现在你还能把握今天，
应排解心上人胸中的愁烦。
这瞬间美好时光不会永驻，
它一旦消失便不再回还。

۱۳۹

هشدار که روزگار شور انگیز است
ایمن منشین که تیغ دوران تیز است
در کام تو گر زمانه لوزینه نهد
زنهار فرو مبر که زهر آمیز لست

۱۴۰

چون آب بجویبار و چون باد بدشت
روزی دگر از عمر من و تو بگذشت
هرگز غم دو روز نباید خوردن
روزی که نیامده است و روزی که گذشت

۱۴۱

گر یک نفست ز زندگانی گذرد
مگذار که جز بشادمانی گذرد
هشدار که سرمایه ء سودای جهان
عمراست و چنان کش گذرانی گذرد

一三九

当心，这世道可残忍乖戾，

切勿大意，它的刀锋无比尖利。

它若往你嘴里塞一块杏仁甜饼，

不要下咽，毒药就和在那饼里。

一四〇

像水汇入溪流，似清风掠过田园，

你我的生命又消减了一天。

切勿为两个日子愁闷忧郁，

明日尚未到来，昨天已一去不还。

一四一

人在一生中的每时每刻，

都应轻松适意，不要闷闷不乐。

应珍惜天地间精华——人的生命，

这生命像流水，它一天天流过。

۱۴۲

شادی مطلب که حاصل عمر دمی است

هر ذرّه ز خاک کیقبادی و جمی است

احوال جهان و عمر فانی و وجود

خوابی و خیالی و فریبی و دمی است

۱۴۳

غم چند خوری بکار ناآمده پیش

رنج است نصیب مردم دور اندیش

خوش باش و جهان تنگ مکن بردل ریش

کز غم خوردن قضا نگردد کم و بیش

۱۴۴

سر گشته بچوگان قضا همچون گوی

چپ می خور و راست می رو و هیچ مگوی

کآنکس که ترا فکند اندر تک و پوی

او داند و او داند و او داند و اوی

一四二

生命只是一瞬，何必洋洋得意，
哥巴德和贾姆的尸骨已化成泥。[17]
看世界纷纭万象，生生死死，
不过是场场噩梦，桩桩骗局。

一四三

何必为未然之事而伤心苦恼，
思虑过多过远是自寻烦恼。
别因世事不如愿而自讨苦吃，
命运不因你的痛苦而改变多少。

一四四

你如马球，要在命运之杆下俯首低头，
默默地任他拨弄，时左时右。
只有那个把你击打得满地翻滚的人，
只有他才晓得世事的始末根由。

۱۴۵

ز ین گنبد گردنده بدافعالی بین
و جمله ء دوستان جهان خالی بین
تا بتوانی تو یک نفس خود را باش
فردا مطلب دی منگر حالی بین

۱۴۶

آنکو بسلامتست و نانی دارد
و ز بهر نشستن آشیانی دارد
نه خادم کس بود نه مخدوم کسی
گو شاد بزی که خوش جهانی دارد

۱۴۷

هنگام سپیده دم خروس سحری
دانی که چرا همی کند نوحه گری
یعنی که نمودند در آیینه ء صبح
کز عمر شبی گذشت و تو بی خبری

一四五

且把这充满恶意的苍穹看穿，
举目皆空，一个朋友也遍寻不见。
当你的胸中尚有吐纳之气，
管什么明日昨日，只把握今天。

一四六

一个人无灾无病，有大饼充饥，
有栖身之地，可供起居。
不为人奴，也不使奴唤婢，
心情舒畅地过活，多么惬意。

一四七

你可知每天早晨雄鸡报晓，
为什么如此凄厉地哀嚎？
因为明镜般的黎明映出，
不经意间，又一夜寿命勾销。

۱۴۸

چون نیست ز هرچه هست جزباد بدست
چون هست بهر چه نیست نقصان و شکست
انگار که هر چه هست در عالم نیست
پندار که هر چه نیست د رعالم هست

۱۴۹

ای بیخبر از کار جهان هیچ نیی
بنیاد تو باد است و زان هیچ نیی
شد حّد وجود تو میان دو عدم
اطراف تو هییچ و در میان هیچ نیی

۱۵۰

مشنو سخن زمانه ساز آمد گان
می گیر مروّق از طراز آمد گان
رفتند یکان یکان فراز آمد گان
کس می ندهد نشان باز آمدگان

一四八

眼前历历如过眼烟云，
人间万物都残缺不全。
存在的一切你可视为乌有，
不存在的你也可认为就在眼前。

一四九

无知的人们啊，你本无影无形，
你原本不过是一阵清风。
你的生命介于两个虚无之间，
你的周围和内心也都是虚空。

一五〇

不要听信世故小人的信口雌黄，
且饮下塔拉兹美女献上的佳酿。[18]
来到世上的一个个远去，
可有哪个晓得他们的近况？

۱۵۱

آن قصر که بهرام در او جام گرفت
آهو بچه کرد و روبه آرام گرفت
بهرام که گور می گرفتی همه عمر
دیدی که چگونه گور بهرام گرفت

۱۵۲

آن مایه ز دنیا که خوری یا پوشی
معذوری اگر در طلبش می کوشی
باقی همه رایگان نیرزد هشدار
تا عمر گرانمایه بدان نفروشی

۱۵۳

ز ین گونه که من کار جهان می بینم
عالم همه رایگان بر آن می بینم
سبحان الله بهر چه در می نگرم
ناکامی خویش اندر آن می بینم

一五一

看那巴赫拉姆举杯畅饮的殿堂，
麋鹿在产崽，狐狸在游荡徜徉。
巴赫拉姆一生喜欢狩猎野驴，
如今，他却在坟墓中埋葬。

一五二

人一生中起码的穿戴吃喝，
可凭自己辛勤劳作挣得。
其余一切都不足挂齿，要清醒，
切勿为那些把宝贵生命消磨。

一五三

我眼中的世事可谓光怪陆离，
但并无一桩于人真正有益。
感谢真主，不论我看到什么，
都说明我的时运不济。

۱۵۴

هم دانه ء امید بخرمن ماند
هم باغ و سرای بی تو و من ماند
سیم و زر خویش از درمی تا بجوی
با دوست بخور ور نه بدشمن ماند

۱۵۵

بشنو ز من ای زبده ء یاران کهن
اندیشه مکن ز ین فلک بی سر و بن
بر گوشه ء عرصه ء قناعت بنشین
بازیچه ء چرخ را تماشا میکن

۱۵۶

یک قطره ء آب بود و با دریا شد
یگ ذره ز خاک با زمین یکجا شد
آمد شدن تو اندر این عالم چیست
آمد مگسی پدید و ناپیدا شد

一五四

希望的种子将长留在人生禾垛，
你我走后还将巍立着这园林楼阁。
你积攒的金银细软和财宝家私，
与朋友共享吧，否则会被对头挥霍。

一五五

记取我的忠告吧，朋友，
天道无常，何必空自烦愁。
觅一隅之地安然独处，
冷眼旁观人间的冬夏春秋。

一五六

如同一滴水汇入大海，
如同一粒尘埃撒向大地，
你因何来到这个人世，
像一只苍蝇，来而复去？

۱۵۷

افسوس که نامهء جوانی طی شد
و آن تازه بهار زندگانی دی شد
آن مرغ طرب که نام او بود شباب
فریاد ندانم که کی آمد کی شد

۱۵۸

از آمده ها زرد مکن چهره ء خویش
و ز نامده ها آب مکن زهره ء خویش
بر گیر ز عمر بی بدل بهره ء خویش
ز ان پیش که دهر برکشد دهره ء خویش

۱۵۹

چون روزی و عمر بیش و کم نتوان کرد
دل را بکم و بیش دژم نتوان کرد
کار من و تو چنانکه رای من و تست
از موم بدست خویش هم نتوان کرد

一五七

可惜啊，青春的篇章已然翻过，
一去不返了，人生的锦绣华年。
青春像一只欢乐的鸟，
不知何时飞来，旋即倏忽不见。

一五八

对已经发生的不必懊恼遗憾，
对未发生的无需心惊胆战。
只领取你一生中的既定份额，
待命运抽刀向你时，为时已晚。

一五九

人的福分和寿命无法增减，
何必因厚薄多少空自愁烦。
你我的行为和你我的意愿，
不像手中的蜡，随意方圆。

۱۶۰

آنانکه بحکمت دّر معنی سفتند

در ذات خداوند سخنها گفتند

سر رشته ء اسرار ندانست کسی

اوّل زنخی زدند و آخر خفتند

۱۶۱

گردون ز زمین هیچ گلی بر نارد

کش نشکند و باز زمین نسپارد

گر ابر چو آب خاک را بر دارد

تا حشر همه خون عزیزان بارد

۱۶۲

این بحر وجود آمده بیرون ز نهفت

کس نیست که این گوهر تحقیق بسفت

هر کس سخنی از سر سودا گفتند

ز ان روی که هست کس نمی داند گفت

一六〇

有人想凭借理智阐释世理，
滔滔不绝地论述主的真义。
但谁也不曾洞悉个中奥秘，
始而喋喋不休，终而长眠地底。

一六一

苍穹让每株玫瑰长出大地，
随即又让它枯萎凋零飘落入泥。
乌云若能像水融进泥土，
末日降下的必是先人的血雨。

一六二

大千世界在冥冥中诞生，
谁也无法把这神秘珍珠钻孔。
每个人都自作聪明妄说一通，
说的什么，连他自己也弄不懂。

۱۶۳

ای پیر خردمند پگه تر بر خیز

و ان کودک خاک بیز را بنگر تیز

پندش ده و گو نرم نرمک می بیز

مغز سر کیقباد و چشم پرویز

۱۶۴

هر نقش که بر تخته ء هستی پیدا ست

این صورت آنکس است کان نقش آراست

دریای کهن که میزند موجی نو

موجش خوانند و در حقیقت دریا ست

۱۶۵

در دایره ء وجود دیر آمده ایم

و ز پایه ء مردمی بزیر آمده ایم

چون عمر نه بر مراد ما می گذرد

باری بسر آمدی که سیر آمده ایم

一六三

智慧老人啊，快起身，已是黎明，
请把掘土的年轻人提醒。
关照他要把手脚放轻，这土下埋着，
哥巴德的头和帕尔维兹的眼睛。[19]

一六四

这大千世界的每一幅图画，
幅幅都似画家的形象。
古老的大海掀起新的波浪，
看似新浪，细看还是那片海洋。

一六五

在这世界上我们属迟来之人，
论天性人品，我们缺憾满身。
生活处处都不如人意，
我们已然厌倦，好在终点已经临近。

۱۶۶

این تابه ء چرخ بین نگون افتاده

در وی دل زیرکان زبون افتاده

در دوستی صراحی و جام نگر

لب بر لب و در میانه خون افتاده

۱۶۷

ایکاش که جای آرمیدن بودی

یا این ره دور را رسیدن بودی

کاش از پی صد هزار سال از دل خاک

چون سبزه امید بر دمیدن بودی

۱۶۸

ای بس که نباشیم و جهان خواهد بود

نی نام ز ما و نی نشان خواهد بود

زین پیش نبودیم و نبد هیچ خلل

زین پس چو نباشیم همان خواهد بود

一六六

乾坤翻转，苍穹颠倒，
天下聪明人痛苦无告。
不见酒壶酒盏亲热温存，
唇对着唇把鲜血倾倒。

一六七

多希望长途跋涉能够告终，
找个歇脚处，使身心放松。
但愿过了千百年之后，
希望能像春草从地下再生。

一六八

当我们不在时，世上一切依然，
那时你我姓名下落都已不见。
过去我们不在，也不见有何缺憾，
今后我们离开，人世仍像昨天。

۱۶۹

هر ذرّه که در خاک زمینی بوده است

خورشید رخی زهره جبینی بوده است

گرد از رخ نازنین بآزرم فشان

کان هم رخ خوب نازنینی بوده است

۱۷۰

این کوزه که آبخواره ء مزدور یست

از دیده ء شاهی و دل دستور یست

هر کاسهء می که بر کف مخموریست

از عارض مستی و لب مستوریست

۱۷۱

آرند یکی و دیگری بر بایند

برهیچ دل از راز دری نگشایند

این گردش مهر و مه که مان بنمایند

پیمانه ء عمر ما ست می پیمایند

一六九

这大地上的粒粒灰尘，
或许都覆盖着如月的美人。
拂去美人面上的微尘，切勿鲁莽，
那或是可心人儿的秀发和红唇。

一七〇

你看那雇工的水罐之上，
莫不是君王的眼，大臣的心？
看那酒徒手中的酒杯，
莫不是醉客的脸，美女的唇？

一七一

让一个出生，又把另一个掠走，
天机从不向任何人透露。
我们眼见这日月轮流回转，
似杯，杯杯饮尽我们生命之酒。

۱۷۲

در گوش دلم گفت فلک پنهانی

فرمان قضا چرا ز من می دانی

در گردش خویش اگر مراد ست بدی

خود را برهاندمی ز سر گردانی

۱۷۳

بر من قلم قضا چو بی من رانند

پس نیک و بدش ز من چرا میدانند

دی بی من و امروز چو دی بی من و تو

فردا بچه حجّتم بداور خوانند

۱۷۴

چون حاصل آدمی در ین خارستان

جز خوردن غصه نیست یا کندن جان

خرم دل آن کزین جهان زود برفت

آسوده کسی که خود نیامد بجهان

一七二

苍穹对我的心灵之耳悄悄低语，
何必向我问讯命定的规律。
我若能主宰自己的命运，
也不愿如此辛苦奔波不息。

一七三

命运之笔背着我一挥而就，
为什么要追究我善恶根由？
昨日背着你我，今天又背着你我，
到末日凭什么对我们审讯追究？

一七四

在这人们出入的蛮荒之地，
人们备受折磨，痛苦忧郁。
要称心如意根本不应出生，
图安闲自在就不应离开母体。

۱۷۵

تا چند از ین حیله و زرّاقی عمر
تا چند مرا درد دهد ساقی عمر
خواهم که من ازستیزه وخدعه ء او
چون جرعه بخاک ریزم این باقی عمر

۱۷۶

این چرخ فلک بسی چو ما کشت و درود
غم خوردن بیهوده نمی دارد سود
پر کن قدح می بکفم در نه زود
تا باز خورم که بودنیها همه بود

۱۷۷

چون نیست حقیقت و یقین اندر دست
نتوان بگمان و شک همه عمر نشست
هان تا ننهیم ساغر باده ز دست
در بیخبری مرد چه هشیار و چه مست

一七五

到何年何月才不受生活捉弄，
何时命运的酒保才不供我剩酒残羹？
多么想摆脱他的阴谋诡计，
倒掉杯底残酒，了却我这余生。

一七六

苍天把你我之辈栽种旋即收割，
忧愁痛苦也只落得无可奈何。
斟满这杯，快把酒递我，
让我痛饮，既定之数无法打破。

一七七

既然金科玉律不在你我手中，
又何必冥思苦想闷坐终生？
切不可放下手中的杯，
万事了无牵挂，似醉似醒。

۱۷۸

چون آمدنم بمن نبد روز نخست
و ین رفتن بی مراد عزمیست درست
بر خیز و میان ببند ای ساقی چست
کاندوه جهان بمی فرو خواهم شست

۱۷۹

در دست هماره آب انگورم باد
در سر هوس بتان چون حورم باد
گویند بمن خدا ترا توبه دهاد
او خود بدهد من نکنم دورم باد

۱۸۰

چون جنس مرا خاصه نداند ساقی
صد فصل ز هر نوع براند ساقی
چون وامانم برسم خود باده دهد
و ز حدّ خودم در گذراند ساقی

一七八

当初生到世上并非取决于我，
死也非我所愿，又无可奈何。
萨吉啊，快把一切准备停当，[20]
世上的忧愁只有在醉中摆脱。

一七九

愿手上不离葡萄美酒的杯盏，
愿常怀对天姝般美女的思念。
有人告我，创世主会让你忏悔，
让忏悔就忏悔？一派胡言！

一八〇

萨吉不太了解我的禀性，
没理睬我身上种种奇行怪癖。
当我力不胜酒时再劝我一杯，
这酒使我的本相暴露无遗。

۱۸۱

چون نیست مقام ما در ین دیر مقیم

پس بی می و معشوق خطاییست عظیم

تا کی ز قدیم و محدث امیدم و بیم

چون من رفتم جهان چه محدث چه قدیم

۱۸۲

ترکیب پیاله یی که در هم پیوست

بشکستن آن روا نمی دارد مست

چندین سر و پای نازنین و بر و دست

از مهر که پیوست و بکین که شکست

۱۸۳

گویند مخور باده بشعبان نه روا ست

نه نیز رجب که آن مه خاص خدا ست

شعبان و رجب مه خدا یست و رسول

می در رمضان خوریم کان خاصه ء ماست

一八一

你我在人生旅舍都无法永驻长存，
若冷落美酒情人，岂不过于迂腐。
关于新与旧还要几许争论，
你我去后，新与旧还有什么区分？

一八二

着意制造了一只精致的酒杯，
制成了就不该再把它打碎。
兴头上创造了可人的体态容貌，
造是因为爱，毁是要跟谁作对？

一八三

人道八月莫饮，八月教律不许贪杯，
七月也不宜饮，七月饮酒真主怪罪。
七月八月是真主和先知的月份，
拉玛赞属于我们，理应开怀一醉。[21]

۱۸۴

من باده خورم و لیک مستی نکنم

الّا بقدح دراز دستی نکنم

دانی غرضم ز می پرستی چه بود

تا همچو تو خویشتن پرستی نکنم

۱۸۵

من می نه ز بهر تنگدستی نخورم

یا از غم رسوایی و مستی نخورم

من می ز برای خوشدلی می خوردم

اکنون که تو بر دلم نشستی نخورم

۱۸۶

هشیار نبوده ام دمی تا هستم

ورخود شب قدر است هم امشب مستم

لب بر لب جام و سینه بر سینه ء خم

تا روز بگردن صراحی دستم

一八四

我浅斟慢饮，不致酩酊大醉，
我不嗜酒无度，过分贪杯。
你可知我爱酒用意何在，
为的是不像你一样自我陶醉。

一八五

我不再饮酒，不是由于贫穷，
也不是怕酒后失态，败坏名声。
我饮酒为的是一时安乐，
如今不饮了，你已在我心中。

一八六

我有生以来，从未有一刻清醒，
盖达尔夜我也大醉酩酊。[22]
唇对着杯的唇，胸贴着酒罐的胸，
夜夜手挽着杯颈直到天明。

۱۸۷

گر خود ز می مغانه مستم هستم
و ر کافر و رند و بت پرستم هستم
هر طایفه یی بمن گمانی دارند
من ز آن خودم چنانکه هستم هستم

۱۸۸

بر گیر ز خود حساب اگر با خبری
کاوّل تو چه آوردی و آخر چه بری
گویی نخورم باده که می باید مرد
می باید مرد اگر خوری یا نخوری

۱۸۹

ای همنفسان مرا ز می قوت کنید
وین چهره ء کهربا چو یاقوت کنید
چون در گذرم بمی بشویید مرا
و ز چوب رزم تخته ء تابوت کنید

一八七

说我终日酒肆买醉，此言不虚，
说我放浪形骸崇拜偶像，此言不虚。
人人都想象一番我是何许人，
我不改本性，我就是我自己。

一八八

你是明白人应仔细权衡思虑，
看可带来什么，又能把什么带去。
你叫我别饮酒，怕死后被究问，
饮或不饮，死亡定而不移。

一八九

朋友啊，拿一杯酒为我提神，
让我的脸泛起宝石般的红晕。
我死后，请用酒为我洗身沐体，
用葡萄木为我打造一副灵榇。

۱۹۰

ساقی گل و سبزه بس طربناک شده است
در یاب که هفته ء دیگر خاک شده است
می نوش و گلی بچین که تا در نگری
گل خار شده ست و سبزه خاشاک شده است

۱۹۱

بر خیز بتا و از برای دل ما
حل کن ز ره لطف همه مشکل ما
یک کوزه ء می بیار تا نوش کنیم
ز ان پیش که کوزه ها کنند از گل ما

۱۹۲

تا کی غم آن خورم که دارم یا نه
و ین عمر بخوشدلی گذارم یا نه
پر کن قدح باده که معلومم نیست
کاین دم که فرو برم برآ رم یا نه

一九〇

萨吉啊，看这鲜花碧草如此娇艳，
可知七天以后就变为荒冢一片。
有酒能饮当饮，有花堪折须折，
鲜花终将枯萎，青草总要凋残。

一九一

美人啊，请以你妩媚的红颜，
为我们痛苦的心排解愁烦。
拿美酒来，让我们开怀畅饮，
趁我们的尸土制成酒坛之前。

一九二

你何必总忧虑一生是贫是富，
何必总担心今世能否欢度。
把酒杯斟满，有谁能知道，
吸入的这口气还能否呼出。

۱۹۳

این چرخ فلک بهر هلاک من و تو

قصدی دارد بجان پاک من و تو

بر سبزه نشین و می خور و شادی کن

کاین سبزه بسی دمد ز خاک من و تو

۱۹۴

من بی می ناب زیستن نتوانم

بی باده کشید بار تن نتوانم

من بنده ء آن دمم که ساقی گوید

یک جام دگر بگیر و من نتوانم

۱۹۵

ای دل تو باسرار معمّا نرسی

در نکته ء زیرکان دانا نرسی

اینجا بمی و نقل بهشتی می ساز

کآنجا که بهشتست رسی یا نرسی

一九三

苍穹存心与你我作对为仇，
它蓄意把我们的无辜生命掠走。
何不及时行乐，草坪上畅饮，
明日你我尸土上青草碧绿依旧。

一九四

没有醇酒叫我怎么过活？
一旦不饮，我寸步难挪。
我拜倒在醇酒前，甘心为奴，
萨吉再劝，我已醉得无力再喝。

一九五

心啊，你无从知晓这亘古大谜，
无法理解智者才能破译的天机。
何不以酒与杯创造一个天堂，
那彼世的天堂可去可不去。

۱۹۶

خشت سر خم ز ملکت جم خوشتر

بوی قدح از غذای مریم خوشتر

آه سحری ز سینه ء خمّاری

از ناله ء بوسعید و ادهم خوشتر

۱۹۷

بر خیزم و عزم باده ء ناب کنم

این چهره ء کهربا چو عنّاب کنم

وین عقل فضول پیشه رامشتی می

بر روی زنم چنانکه در خواب کنم

۱۹۸

ز ان کوزه ء می که نیست درو ی ضرری

پر کن قدحی بخور بمن ده دگری

زان پیشتر ای صنم که در رهگذری

خاک من و تو کوزه کند کوزه گری

一九六

酒罐的碎片胜过贾姆希德宫殿，

一口清酒胜过麦尔彦圣餐。[23]

酩酊大醉者清晨一声长叹，胜过

阿布赛义德和阿德哈姆的无稽之谈。[24]

一九七

清晨起身我先饮醇酒，

让琥珀色的脸泛起枣般红光。

我以酒为拳猛击多事的理智，

打得它人事不省，把它送入睡乡。

一九八

罐中酒纯正无邪，请放心去喝，

你自饮一杯，把另一杯给我。

朋友，开怀畅饮吧，趁一息尚存，

明天陶工将用你我尸土把陶罐制作。

۱۹۹

هر توبه که کردیم شکستیم همه
بر خود در ننگ و نام بستیم همه
عیبم مکنید گر کنم بیخودیی
کز باده ء عشق مست مستیم همه

۲۰۰

تا کی عمرت بخود پرستی گذرد
یا در پی نیستی و هستی گذرد
می خور که چنین عمرکه مرگ از پس او ست
آن به که بخواب یا بمستی گذرد

۲۰۱

آنها که کشنده ء مدام نابند
و انها که بشب مدام در محرابند
بر خشک کسی نیست همه در آبند
بیدار یکیست دیگران در خوابند

一九九

我曾多次忏悔，又多次食言，

不顾声名狼藉，人责我无耻厚颜。

不要责我醉得人事不省，

使我沉醉的是爱的杯盏。

二〇〇

你还盲目自满到何月何年？

探求这有与无到哪日哪天？

死亡步步追逐着你的生命，

何不在醉里梦中度过每一天。

二〇一

有人终日不停地饮酒，昏然醉倒，

有人整夜面对壁龛，不停地祈祷。

世上之人都不知将来是何下场，

清醒的只有一个，其他人都全然不晓。

۲۰۲

در ده پسرا می که جهان را تابی است
ز ان می که گل نشاط را مهتابی است
بشتاب که آتش جوانی آبی است
در یاب که بیداری دولت خوابی است

۲۰۳

صبحی خوش و خرّم است خیزای ساقی
در شیشه کن آن شراب از شب باقی
جامی بمن آر و خوش غنیمت می دان
این یک دم نقد را که فردا باقی

۲۰۴

چون هست زمانه در شتاب ا ی ساقی
بر نه بکفم جام شراب ای ساقی
هنگام صبوح قفل بر در زده ایم
تعجیل که آمد آفتاب ای ساقی

二〇二

孩子，斟满这杯酒，酒是世界之光，
酒如明月的清辉，照在欢乐的花上。
快来呀，酒是点燃青春激情的火，
要明白，功名利禄不过是噩梦一场。

二〇三

快起身萨吉，多么灿烂的黎明，
请把昨夜的剩酒倒入杯中。
把杯递我，何不及时行乐，
珍惜当前，末日虚幻朦胧。

二〇四

萨吉，快来，趁此良辰美景，
快把酒杯送到我的手中。
清晨，让我们打开家门，
快些，转瞬间就红日东升。

۲۰۵

هنگام صبوح ای صنم فرّخ پی
بر ساز ترانه یی و پیش آور می
کافکند بخاک صد هزاران جم و کی
این آمدن تیر مه و رفتن دی

۲۰۶

روزی بینی مرا تو مست افتاده
بر پای تو سر نهاده پست افتاده
دستار ز سر قدح ز دست افتاده
در حلقه ء زلف بت پرست افتاده

۲۰۷

در دل نتوان درخت اندوه نشاند
همواره کتاب خرّمی باید خواند
می باید خورد و کام دل باید راند
پیدا ست که چند درجهان خواهی ماند

二〇五

幸运的朋友，且饮一杯清晨美酒，
乘着酒兴，把一支乐曲吹奏。
随着冬去春来，日夜轮替，
地下埋葬了多少公卿王侯。

二〇六

终有一天你会看到我醉倒地下，
一头栽倒，头伏在你脚下。
手帕也从我手上滑落，
落入仙姝般美女的卷发。

二〇七

心底不要留下忧伤的痕迹，
应把欢乐的书卷一页页翻启。
痛饮甘醇，欢欢乐乐地过活，
你在这世上还能勾留几许。

۲۰۸

گویند مرا ز می که کمتر خور ازین
آخر بچه عذر بر نداری سر ازین
عذرم رخ یا ر و باده ء صبحدم است
انصاف بده چه عذر روشنتر از ین

۲۰۹

با باده نشین که ملک محمود این است
و ز چنگ شنو که لحن داود اینست
از نآمده و رفته دگر یاد مکن
خوش باش که ازوجود مقصود اینست

۲۱۰

جامی و بتی و ساقییی بر لب کشت
این هر سه مرا نقد و ترا نسیه بهشت
مشنو سخن بهشت و دوزخ از کس
که رفت بدوزخ و که آمد ز بهشت

二〇八

人们劝我今后要少饮酒，
责我不听劝，问我是何缘由。
红颜的妩媚和晨酒的甘甜，
还有什么比这更正当的理由。

二〇九

执杯小饮，如坐玛赫穆德王宫，²⁵
耳听琴音，如听达乌德的歌声。²⁶
过去未来都不足牵挂，
及时行乐吧，生命旨趣就在其中。

二一〇

与美女、萨吉畅饮在原野之上，
我愿享受当今，任你梦想天堂。
不要听信天堂火狱的痴言妄语，
谁到过地狱，又有谁来自天堂？

۲۱۱

تا چند زنم بروی دریا ها خشت

تا کی غم مسجد برم و فکر کنشت

خیّام که گفت دوزخی خواهد بود

که رفت بدوزخ و که آمد ز بهشت

۲۱۲

چون هشیارم طرب زمن پنهانست

ور مست شوم در خردم نقصانست

حالیست میان مستی و هشیاری

من بنده ء آن ، که زندگانی آنست

۲۱۳

چون عهده نمی شود کسی فردا را

حالی خوش کن تو این دل شیدا را

می نوش بنور ماه ای ماه که ماه

بسیار بتابد و نیابد ما را

二一一

到何时我才不以土坯敲击大海？ [27]
何时清真寺礼拜堂不乱我胸怀？
谁说海亚姆日后定入地狱？
谁去过地府，哪个从天堂来？

二一二

清醒时，欢乐便立即遁形，
醉去时，又觉神志不清。
最惬意时是似醉似醒，
似醉似醒才是真正人生。

二一三

谁也无法得到明天的保票，
能让充满幻想的心得到片刻逍遥。
月光下且饮美酒，你我远去后，
月光依旧，却不再把我们映照。

۲۱۴

یاران چو باتّفاق میعاد کنید
خود را بجمال یکدگر شاد کنید
ساقی چو می مغانه بر کف گیرد
بیچاره مرا هم بدعا یاد کنید

۲۱۵

معشوق که عمرش چو غمم باد دراز
امروز بمن تلطّفی کرد آغاز
برچشم من انداخت دمی چشم و برفت
یعنی که نکویی کن و در آب انداز

۲۱۶

ای خواجه یکی کامروا کن ما را
دم درکش و در کار خدا کن ما را
ما راست رویم لیک تو کج بینی
رو چاره ء دیده کن رها کن ما را

二一四

朋友，当你们在一起聚会畅谈，
会相互赞叹彼此美好的容颜。
当萨吉送上一杯穆护的美酒，²⁸
请也为我这不幸者道一声祝愿。

二一五

心上人——愿她青春与我忧愁共久长，
今日垂青下顾，到我处造访。
四目相顾之后，她旋即离去，
像在嘱咐人：行善吧，不要疑惑彷徨。

二一六

喂，长老，请放过我们，高抬贵手，
不要事事挑剔，免开尊口。
我们循规蹈矩你诬为叛道离经，
去治治眼病吧，不要再喋喋不休。

۲۱۷

ز ان باده که عمر را حیاتی دگر است
پر کن قدحی گرچه ترا درد سر است
بر نه بکفم که کار عالم سمر است
بشتاب که عمرت ای پسر در گذر است

۲۱۸

در پا ی اجل چو من سر افکنده شوم
و ز بیخ امید عمر بر کنده شوم
زنهار گلم بجز صراحی مکنید
باشد که زباده پرشو م ز نده شوم

۲۱۹

در خواب شدم مرا خردمندی گفت
کز خواب کسی را گل شادی نشکفت
کاری چه کنی که با اجل باشد جفت
می نوش که عمرها می باید خفت

二一七

这酒使人生活别有一番情趣，

为我斟满这杯，多承劳心费力。

世事诡谲难料，请把杯递我，

孩子，你的生命正点点滴滴逝去。

二一八

我在死神面前正眉摧腰折，

生命之根将断，来日无多。

身后请将我烧制成酒盏，

但愿借杯中酒浆，我能复活。

二一九

梦中有位智者劝我说，

睡梦中怎能欣赏欢乐的花果。

终日沉睡不醒与死亡何异？

饮吧，今后世代将在睡梦中度过。

۲۲۰

روزیست خوش وهوا نه گرمست و نه سرد

ابر از رخ گلزار همی شوید گرد

بلبل بزبان حال خود با گل زرد

فریاد همی زند که می باید خورد

۲۲۱

هر جرعه که ساقیش بخاک افشاند

در دیده ء گرم آتش دل بنشاند

سبحان الله تو باد می پنداری

آبی که ز صد درد دلت برهاند

۲۲۲

نتوان دل شاد را بغم فرسودن

وقت خوش خود بسنگ محنت سودن

کس غیب چه داند که چه خواهد بودن

می باید و معشوق و بکام آسودن

二二〇

今天不冷不热，天朗气清，
细雨把花朵的面庞洗净。
夜莺兴起，深情地歌唱，
它劝月季：饮吧，酒杯莫停。

二二一

萨吉浇到土里的每一滴酒，
能把人心中焦虑的火驱走。
真主在上，也许你认为它是风，
其实是水，能涤除百恨千愁。

二二二

切莫让欢乐的心受忧愁折磨，
切莫让美好时光在痛苦中消磨。
有谁知冥冥中什么事情发生，
何不与心上人小坐，浅斟慢酌。

۲۲۳

از گردش روزگار بهری بر گیر
بر تخت طرب نشین بکف ساغرگیر
ازطاعت و معصیت خدا مستغنی است
باری تو مراد خود ز عالم بر گیر

۲۲۴

ننگ است بنام نیک مشهور شدن
عار است ز جور چرخ رنجور شدن
خمّار ببوی آب انگور شدن
به زانکه بزهد خویش مغرور شدن

۲۲۵

ما افسر خان و تاج کی بفروشیم
دستار قصب ببانگ نی بفروشیم
تسبیح که پیک لشگر تزویر است
ناگاه بیک چرعه ء می بفروشیم

二二三

苍穹悠悠，且把自己的定数把握，
酒杯莫停，得快活时且快活。
是遵命是违命，主并不在意，
何不快乐地把一生度过。

二二四

美名远扬令人惭愧无颜，
怨天尤人使人羞耻难堪。
葡萄酒香，令我醉意朦胧，
这却比自诩虔诚更光彩体面。

二二五

我出卖了国君之冕和王侯之冠，
缠头巾换得一曲笛声婉转。
拿念珠——这伪善者的标记，
痛痛快快换取美酒一碗。

۲۲۶

خیّام زمانه از کسی دارد ننگ
کو در غم ایّام نشیند دلتنگ
می نوش درآبگینه با ناله ء چنگ
زان پیش که آبگینه آید بر سنگ

۲۲۷

یاقوت لبا لعل بدخشانی کو
و ان راحت روح وراح ریحانی کو
می گر چه حرام در مسلمانی شد
می میخور و غم مخور مسلمانی کو

۲۲۸

مگذار که غصّه درحصارت گیرد
و اندوه محال روزگارت گیرد
مگذار کنارآب صاف و لب کشت
زان پیش که خاک در کنارت گیرد

二二六

海亚姆为一些人感到羞惭，

他们因时运不济而愁眉不展。

且手执酒杯，听竖琴的吟唱，

趁这酒杯尚未粉身碎骨之前。

二二七

巴达赫尚美玉般红唇今在何方？

何处能闻到罗勒酒的酒香？

若说饮酒有违教义，

管它呢，何不以酒浇愁痛饮一觞。

二二八

切莫让忧愁深锁你的心头，

切莫怀无谓的明日之忧。

切莫错过美酒和田园的美景，

趁黄土尚未覆盖你的坟头。

۲۲۹

دنیا چو فناست من بجز فن نکنم
جز رای نشاط و می روشن نکنم
گویند مرا که ایزدت توبه دهاد
او خود ندهد و گر دهد من نکنم

۲۳۰

این خاک ره از خواجه بخاری بوده است
در وقت خود او بزرگواری بوده است
هر جا که قدم نهی یقین می پندار
کان دست کریم شهسواری بوده است

۲۳۱

می لعل مذابست و صراحی کانست
جسمست پیاله و شرابش جانست
آن جام بلورین که ز می خندانست
اشکی است که خون دل درا و پنهانست

二二九

人生瞬即消亡，我只是逢场作戏，
强颜欢乐，以澄澈美酒权作慰藉。
人说创世主定然会让你忏悔，
不会的，让忏悔我也不愿意。

二三〇

教长布哈里曾在这土路上前行，
他生前业绩辉煌，是时代精英。
在这条路上你每走一步，
或许就有英雄高贵的手埋在土中。

二三一

酒瓶如矿，红酒如宝藏身矿中，
酒杯是身躯，酒是体内的生命。
酒似在晶莹的杯中微笑，
不，那是杯中血泪，它哀伤悲痛。

۲۳۲

ای بر سر سروران عالم فیروز

دانی که چه وقت می بود روح افروز

یکشنبه و دو شنبه و سه شنبه و چار

پنجشنبه و آدینه و شنبه شب و روز

۲۳۳

تا بتوانی غم جهان هیچ مسنج

بر خود منه از انده نا آمده رنج

خوش میخورومی بخش کزین دیر سپنج

با خود نبری جوی اگر داری گنج

۲۳۴

این گنبد لاجوردی زرّین طشت

بسیاربگشته است و بسی خواهد گشت

یک چند ز اقتضای دوران قضا

ما نیز چو دیگران رسیدیم و گذشت

二三二

喂，你是世界上精英中的精英，

可知酒无时不在燃起人的激情。

从礼拜日一直到礼拜六，

这酒日日夜夜与我相伴同行。

二三三

且把心放宽，别为世事愁烦，

不要为未发生的事忧心伤感。

或享受或赠人，当你离开这破庙，

带不走锱铢，纵然你有万贯家产。

二三四

这金色阳光映照湛蓝的苍穹，

永远悠悠运转，无一刻停歇。

我们依照早经铸定的命运，

随他人来到人间，旋即又无影无踪。

۲۳۵

دنیا نه مقام تست نه جای نشست

فرزانه در او خراب اولیتر و مست

بر آتش غم ز باده آبی میزن

زان پیش که درخاک روی باد بدست

۲۳۶

خواهی که اساس عمر محکم یابی

یک چند بعالم دل بی غم یابی

غافل منشین ز خوردن باده دمی

تا لذّت عمر خود دمادم یابی

۲۳۷

تن زن چو بزیر فلک بی باکی

می نوش چو در جهان آفتناکی

چون اوّل و آخرت بجز خاکی نیست

انگار که بر خاک نیی در خاکی

二三五

这世界不是你长久的住所，
醉里春秋是智者最好的选择。
用清酒浇熄忧愁的烈焰，
趁尚未撒手永远去地下过活。

二三六

你若想一生过得充实无憾，
就应摆脱忧愁，把心放宽。
不要放下手中的杯，
就能时时感到生活美满。

二三七

苍天欺人，你只能低头忍受，
人世乖戾，在世上且饮美酒。
你生前身后都是一抔黄土，
不是土上之人，本应地下藏颈埋头。

۲۳۸

ای آمده از عالم روحانی تفت

حیران شده در پنج و چهار و شش و هفت

می نوش ندانی ز کجا آمده یی

خوش باش ندانی بکجا خواهی رفت

۲۳۹

اندیشه ء عمر بیش بر شست منه

هر جا که قدم نهی بجز مست منه

زان پیش که کاسه ء سرت کوزه کنند

تو کوزه ز دوش و کاسه ازدست منه

۲۴۰

گر هست ترا دراین جهان دسترسی

هان تا نزنی بی می و ساقی نفسی

پیش از من و تو بیازمودند بسی

دنیا نکند کرای آزار کسی

二三八

你急匆匆来自冥冥中的大荒，
解不透四五六七，心中迷茫。[29]
痛饮一杯吧，你不知来自何处，
及时行乐吧，你不知去向何方。

二三九

人一生不期望活过六十岁，
到哪里也莫忘樽前取醉。
趁你头骨尚未被制成酒碗之前，
不要放下肩上的罐，手中的杯。

二四〇

如果生活的方式能够由你自主，
让美酒萨吉伴着你每一次呼吸。
你我之前世人已经亲身体验，
这世道对任何人都无情无义。

۲۴۱

ای باده ء خوشگوار در جام بهی
بر پای خرد تمام بند و گرهی
هر کس که ز تو خورد امانش ندهی
تا گوهر او بر کف دستش ننهی

۲۴۲

آن روز که نیست درسر آب تا کم
زهری بود ار دهر دهد تریاکم
زهر است غم جهان و تریاکش می
تریاک خورم ز زهر ناید باکم

۲۴۳

هر چند که از گناه بدبختم و زشت
نومید نیم چو بت پرستان کنشت
امّا سحری که میرم از مخموری
می خواهم و معشوق چه دوزخ چه بهشت

二四一

美酒让人心旷神怡，

理性前面有太多的羁绊荆棘。

切莫轻信共饮的酒友，

若他尚未把肝胆向你披沥。

二四二

哪一天若不畅饮葡萄酒浆，

解毒药也似毒药，令人头昏脑胀。

世上的忧愁是毒，解药是酒，

服下解药便不怕毒入肝肠。

二四三

我纵因获罪而丑名远扬，

也不似偶像崇拜者终日凄惶。

即便是昨夜醉酒，今晨死去，

仍要美酒情人，管它火狱天堂。

۲۴۴

می گرچه بشرع زشت نامست خوش است
چون از کف شاهد و غلامست خوش است
تلخست و حرامست و خوشم می آید
دیریست که تا هر چه حرامست خوش است

۲۴۵

رو برسر املاک جهان خاک انداز
می میخور و گرد خوبرویان میتاز
نه جای عتاب آمد و نه جای نماز
کز جمله ء رفتگان یکی نامد باز

۲۴۶

چندان بخورم شراب کاین بوی شراب
آید ز تراب چون روم زیر تراب
تا گر سر خاک من رسد مخموری
از بوی شراب من شود مست و خراب

二四四

教义禁酒，但酒却美名远扬，
美女递来的酒令人心情舒畅。
酒苦涩而且遭禁，但人人喜爱，
从来如此，什么遭禁什么越香。

二四五

往这人世头上撒一把灰尘，
畅饮美酒，伴着如月的美人。
人世不是愤慨和祈祷之地，
看那远行客中可有回程之人？

二四六

我开怀畅饮，这酒的香气，
我入土后还从土中外溢。
若有酒徒从我墓旁经过，
闻到酒香，也会醉倒在地。

۲۴۷

مابیم و می و مطرب و این کنج خراب
دین و دل و جام و جامه در رهن شراب
سر در سر می کرده و پس در سر می
بنیاد نهاده خانه مانند حباب

۲۴۸

از آمدن بهار و ز رفتن دی
اوراق وجود ما همی گردد طی
می خور مخور اندوه که گفته است حکیم
غمهای جهان چو زهر و تریاکش می

۲۴۹

گفتم که دگر باده ء گلگون نخورم
می خون رزانست دگرخون نخورم
پیر خردم گفت بجّد می گویی
گفتم که مزاح می کنم چون نخورم

二四七

伴着美酒情人在荒凉的角落，
不惧辞世后的惩罚折磨。
愿以身家性命换一杯美酒，
管它世事纷纭，水土风火。

二四八

随着严冬过去，阳春到来，
生命的书卷一页页翻开。
且饮一杯消愁，智者有言：
世上忧愁是毒，酒能排解愁怀。

二四九

我说，我不再饮红色甘醇，
酒是葡萄的血，血如何能饮？
理智老人问道：此话当真？
我答：玩笑罢了，酒怎能不饮。

۲۵۰

هوشم بشراب ناب باشد دایم

گوشم بنی و رباب باشد دایم

گر خاک مرا کوزه گران کوزه کنند

آن کوزه پر از شراب باشد دایم

۲۵۱

از باده ء لعل آب شد گوهر ما

و آمد بفغان ز دست ما ساغر ما

از بس که همی خوریم می بر سر می

ما در سر می شدیم و می در سر ما

۲۵۲

تا چند ز یاسین و برات ای ساقی

بنویس بمیخانه برات ای ساقی

روزی که برات ما بمیخانه بود

آن روز به از شب برات ایساقی

二五〇

愿我的心时时属意于醇酒，

愿我双耳倾听笛与琴的鸣奏。

我死后尸土若制成陶罐，

愿罐中时时都装满美酒。

二五一

红色酒浆令我烂醉如泥，

酒杯都已疲惫，唉声叹气。

我狂饮无度，终日泡在酒里，

酒与我两位一体，难舍难离。

二五二

你被雅辛和白拉提夜困扰到哪天？³⁰

签一张支票，留在酒馆。

只要把支票押在酒肆里，

就比过白拉提夜还舒畅安然。

۲۵۳

ای باده تو شربت من لا لایی
چندان بخورم ترا من شیدایی
کز دور مرا هر که ببیند گوید
ای خواجه شراب از کجا می آیی

۲۵۴

در روی زمین اگر مرا یک خشتست
آن وجه می است گر چه نامی زشتست
ما را گویند وجه فردای تو کو
درّاعه و دستار نه مریم رشتست

۲۵۵

ما و می و معشوق و صبوح ای ساقی
از ما نبود توبه نصوح ای ساقی
تا کی خوانی قصّهء نوح ای ساقی
پیش آر سبک راحت روح ای ساقی

二五三

美酒啊，你把我带入梦乡，
杯杯痛饮，我为你而癫狂。
有人见我从远处走近，问我：
酒爷，请问您来自何方？

二五四

在世上只要我还有一块砖，
我就拿这砖去与美酒交换。
有人问：那以后呢？以后嘛，
还有缠头巾一条，道袍一件。

二五五

萨吉，清晨伴着情人畅饮一杯，
为此我永远不会从内心忏悔。
努哈的故事你是否讲完？[31]
快拿来美酒，让我心灵微醉。

۲۵۶

در ده می لاله گون صافی

بگشای ز حلق شیشه خون صافی

کامروز برون ز جام می نیست مرا

یک دوست که دارد اندرون صافی

۲۵۷

چون می ندهد اجل امان ای ساقی

در ده قدح شراب هان ای ساقی

غم خوردن بیهوده نه کار دل ماست

با این دو سه روزه درجهان ای ساقی

۲۵۸

می خور که سمن بسی سیا خواهد شد

خوش زی که سهی بسی سها خواهد شد

بر طرف چمن ز زندگانی بر خور

زیرا که چمن بسی چو ما خواهد شد

二五六

请给我郁金香色的澄澈酒浆，

让那鲜血从瓶颈向外流淌。

今天，除去杯中酒我再无知己，

难觅有心人，可共诉衷肠。

二五七

既然得不到死神的赦免，

萨吉啊，请递我美酒的杯盏。

我心中容不下无谓的忧虑，

人在世上不过是五日三天。

二五八

饮吧，茉莉终会凋零入泥，

开心一刻吧，直挺的腰身会伛偻弯曲，

在青草坪上体尝人生欢乐吧，

这草坪也将如你我一样销声敛迹。

۲۵۹

در ده می لعل مشکبو ای ساقی

تا باز رهم ز گفتگو ای ساقی

یک کوزه می بده از آن پیش که دهر

خاک من و تو کند سبو ای ساقی

۲۶۰

گر ز انکه بدست آید از می دو منی

مینوش بهر جمع و بهر آنجمنی

کانکس که جهان کرد فراغت دارد

از سبلت چون تویی و ریش چون منی

۲۶۱

در سنگ اگر شوی چو نار ای ساقی

هم آب اجل کند گذارای ساقی

خاک است جهان غزل بگو ای مطرب

باد است نفس باده بیارای ساقی

二五九

萨吉，将芳香馥郁的红酒注满，
不要管那些人们的流长飞短。
把注满红酒的酒罐摆好，趁苍天
用你我的尸土做成酒罐之前。

二六〇

如若有两曼美酒在你手里，[32]
应供人畅饮，尽以酒会友之谊。
那创造世界的主仁慈宽厚，
他才不管你我蓄不蓄须。

二六一

即使你是一团火藏身矿里，
死神之水会透过矿石把你浇熄。
人世是一抔黄土，唱起来吧，歌手，
饮吧，你吐纳的是瞬间的气息。

۲۶۲

عاشق همه ساله مست و رسوا بادا
دیوانه و شوریده و شیدا بادا
درهشیاری غصّه ء هر چیز خوریم
چون مست شویم هر چه بادا بادا

۲۶۳

آنها که ز پیش رفته اند ای ساقی
در خاک غرور خفته اند ای ساقی
رو باده خور و حقیقت از من بشنو
باد ا ست هر آنچه گفته اند ای ساقی

۲۶۴

با ما فلک ار جنگ نداردعجب است
و ر بر سر ما سنگ نباردعجب است
قاضی که خرید باده و وقف فروخت
در مدرسه گر بنگ نیارد عجب است

二六二

愿终年沉醉，丝毫不怕丢丑，
终日癫狂放浪，情思悠悠。
清醒时，尝尽了忧愁滋味，
大醉不醒时，万事皆休。

二六三

萨吉啊，那些早已离去的人们，
已在无情的黄土之中栖身。
畅饮一杯，听我句劝：
人们的一切议论不过是清风一阵。

二六四

天不与人为敌那才是怪事一桩，
天不降下石雨那才是怪事一桩。
法官不拿义产换酒才是怪事一桩，
学堂不倒卖大麻那才是怪事一桩。

۲۶۵

من می خورم و مخالفان ازچپ ورا ست
گویند مخور باده که دین را اعداست
چون دانستم که می عدوی دین است
با لله بخورم خون عدو را که رواست

۲۶۶

بر دار پیاله و سبو ای دلجوی
خوش خوش بخرام گرد باغ ولب جوی
کاین چرخ بسی سروقدان گلروی
صد بار پیاله کرد و صد بار سبوی

۲۶۷

بر روی گل از ابر نقابست هنوز
در طبع دلم میل شرابست هنوز
درخواب مرو چه جای خوابست هنوز
جانا می خور که آفتابست هنوز

二六五

我畅饮美酒，反对者却说东道西，
说不要饮，酒是圣教之敌。
既然酒是圣教的禁物，
吞掉圣教之敌岂非大义之举。

二六六

可心的人儿，快拿来酒罐酒盏，
漫步在青草坪上，小河岸边。
世道把多少亭亭玉立的少女，
百次化为酒罐，百次化为酒盏。

二六七

趁着鲜花尚未被乌云遮蔽，
趁着我这颗心尚怀酒意，
请不要入睡，时间尚早，
饮吧，亲爱的，趁阳光绚丽。

۲۶۸

من ظاهر نیستی و هستی دانم

من باطن هر فراز و پستی دانم

با این همه از دانش خود بیزارم

گر مرتبه یی و رای مستی دانم

۲۶۹

با خوش پسران باده ء ناب اولیتر

در صومعه نغمه ء رباب اولیتر

چون عالم دون پیشه نماند جاوید

ازباده در او مست و خراب اولیتر

۲۷۰

برخیز و بیا که چنگ بر چنگ زنیم

می نوش کنیم و نام بر ننگ زنیم

سجّاده بیک پیاله می بفروشیم

و این شیشهء نام وننگ بر سنگ زنیم

二六八

我洞悉有与无的真正含意，
我深晓世上沉浮穷通之理。
但我仍为自己无知而羞愧：
不懂醉而忘忧是多么惬意。

二六九

最美的是醇酒伴着貌美的娇童，
最美的是拜堂响起热瓦甫琴声。
人在摧残生灵的世界不会永驻，
最美的是放浪形骸，沉醉不醒。

二七〇

来，让我们手抚竖琴畅饮，
任丑名远扬，天下议论纷纷。
卖掉拜垫，沽一杯美酒，
摔掉荣辱的酒瓶，让它碎骨粉身。

۲۷۱

دیگر غم این گردش گردون نخوریم
جز باده ء صاف ناب گلگون نخوریم
می خون جهان است و جهان خونی ما
ما خون دل خونی خود چون نخوریم

۲۷۲

می گر چه حرام است ولی تا که خورد
و انگاه چه مقدار و دگر با که خورد
هر گاه که این سه شرط بر آید راست
پس می نخورد مردم دانا که خورد

۲۷۳

می خور که بزیر گل بسی خواهی خفت
بی مونس و بی حریف و بی همدم و جفت
زنهار بکس مگو تو این راز نهفت
هر لاله که پژمرد نخواهد بشکفت

二七一

切莫为悠悠旋转的苍穹忧愁，
不要冷落花一般的红酒。
酒是人世的血，人世是你我死敌，
我们喝死敌的血，何罪之有？

二七二

酒是禁物，但要看何时畅饮，
看饮多少，看酒友是何人。
只要这三条不违规越轨，
智者此时不饮，待何时饮？

二七三

且饮一杯，你将在花下长眠，
无亲无友，孤零零无人陪伴。
切记，这个秘密不可告人，
凋谢的郁金香再不能争芳吐艳。

۲۷۴

می خور که مدام راحت روح تواست
آسایش جان و دل مجروح تو است
طوفان غم ار در آید از پیش و پست
در باده گریز کشتی نوح تو است

۲۷۵

در دایره ء سپهر نا پیدا غور
جامی است که جمله را چشانند بدور
نوبت چو بدور تو رسد آه مکن
می نوش بخوشدلی که دوراست بجور

۲۷۶

سر مست بمیخانه گذر کردم دوش
پیری دیدم مست و سبویی بر دوش
گفتم ز خدا شرم نداری ای پیر
گفتا که کریم است خدا باده بنوش

二七四

饮一杯吧，酒为你排忧解愁，
酒可使你破碎的心欣然忘忧。
当你身前身后骤起忧愁风暴，
可驶入酒的港湾，酒是努哈之舟。

二七五

天宇苍穹深邃无底，浩瀚无边，
人生如同酒席，人人依次进餐。
轮到你入座，无须长吁短叹，
高高兴兴地把应得之份用完。

二七六

昨夜，我醉醺醺打从酒肆经过，
见一醉眼乜斜肩扛酒罐的老者。
我说真主在上，你难道不知羞耻？
他答：真主宽大为怀，你放心去喝。

۲۷۷

آباد خرابات ز می خوردن ما ست
خون دو هزار توبه درگردن ما ست
گر من نکنم گناه رحمت که کند
آرایش رحمت از گنه کردن ما ست

۲۷۸

من ترک همه گیرم و ترک می نه
از جمله گریز باشدم از وی نه
آیا بود این که من مسلمان گردم
پس ترک می مغانه گیرم هی نه

۲۷۹

یک جرعهء می زملک کاوس به است
وز تخت قباد و ملکت طوس به است
آهی که سحرگاه کشد رندی مست
از طاعت زاهدان سالوس به است

二七七

我们畅饮美酒，酒肆生意兴旺，

两千次忏悔已经记在簿上。

我们不犯罪，何必要有宽赦，

有宽赦是因为我们轻狂放荡。

二七八

我弃绝一切，但唯独爱酒，

我摆脱一切，但人不离酒。

我可曾是一个穆斯林？

让我不去酒肆，不，我仍以酒为友。

二七九

一口酒胜过卡乌斯的王国，

一口酒胜过哥巴德和图斯宝座。[33]

清晨时分心上人的一声轻叹，

胜过伪善教士的无端妄说。

۲۸۰

ما جامه ء نمازی بسر خم کردیم

و ز خاک خرابات تیمّم کردیم

باشد که در ین میکده ها دریابیم

آن عمر که درمدرسه ها گم کردیم

۲۸۱

می را که خرد خجسته دارد پاسش

او آب حیاتست و منم الیاسش

من قوت دل و قوت روحش گویم

چون گفت خدا منافع للناسش

۲۸۲

تنگی می لعل خواهم و دیوانی

سدّ رمقی باید و نصف نانی

و انگاه من و تو نشسته در ویرانی

خوشتر بود از مملکت سلطانی

二八〇

我们以苦修的长袍盖酒罐的口，
以酒肆的土小净，清洁脸和手。
或许能在这酒肆之中，
把在学校浪费的光阴寻求。

二八一

高贵的智者爱酒，不忍与它分离，
酒是生命之泉，我是阿里亚斯把它寻觅。
酒能振奋精神，滋养身心，
真主也说过，酒于人有益。

二八二

一罐红酒，一卷诗章，
半块大饼，填饱饥肠。
你我相拥在荒原小坐，
其乐无穷，胜过帝王。

۲۸۳

از درس علوم جمله بگریزی به
و اندر سر زلف دلبر آویزی به
ز ان پیش که روزگار خونت ریزد
تو خون پیاله در قدح ریزی به

۲۸۴

گر باده بکوه بر زنی رقص کند
ناقص بود آنکه باده را نقص کند
از باده مرا توبه چه میفرمایی
روحی است که او تربیت شخص کند

۲۸۵

ای باده برم نیست بغیر تو محک
تلخی ترا نیست که در تنگ نمک
آمد رمضان چون ز تو دل بر دارم
ماهی بسفر میروم الله معک

二八三

不要听信那些教训人的功课，
手抚情人的秀发，并肩小坐。
趁命运尚未把你的鲜血耗尽，
把葡萄的血倒入杯中，浅斟慢酌。

二八四

向高山敬酒，山也翩翩起舞，
谁谴责酒，因为他们糊涂。
我爱酒贪杯，为什么要我忏悔？
酒提振精神，教人走上正路。

二八五

酒啊，没有你我无从判断善恶，
你味道虽苦，却不像盐那么粗涩，
拉玛赞月到来，我不忍与你割舍，
真主保佑，这一月我在旅途中度过。

۲۸۶

از باده شود تکبّر از سرها کم
و ز باده شود گشاده بند محکم
ابلیس اگر باده بخوردی یک دم
کردی دو هزار سجده پیش آدم

۲۸۷

شد عید که ما باده ء گلرنگ کشیم
با نغمه ء عود و ناله ء چنگ کشیم
با یار سبکروح دمی بنشینیم
رطلی دوسه باده ء گران سنگ کشیم

۲۸۸

این صورت کون جمله نقش است و خیال
عارف نبود هر که نداند این حال
بنشین قدح باده بنوش و خوش باش
فارغ شو از ین نقش خیالات محال

二八六

酒能把人身上的傲气驱散，
酒可把牢牢的死结解开。
魔鬼若啜饮一杯美酒，
他在人面前会两千次跪拜。

二八七

节日来临，让我们高举红酒迎春，
欣赏乌德琴与竖琴的清音。
与欢乐的心上人小坐片刻，
取两三斗宝贵的醇酒畅饮。

二八八

世象斑驳迷离，万种千般，
没有高人把光怪陆离的景象看穿。
何需忧虑，小坐片刻且饮一杯，
摆脱这解不开的重重谜团。

۲۸۹

گویند مرا که می پرستم هستم
گویند مرا عارف و مستم هستم
در ظاهر من نگاه بسیار مکن
کاندر باطن چنانکه هستم هستم

۲۹۰

افتاد مرا با می و مستی کاری
خلقم ز چه میکند ملامت باری
ای کاش که هر حرام مستی دادی
تا من بجهان ندیدمی هشیاری

۲۹۱

ماییم خریدار می کهنه و نو
و انگاه فروشنده ء جنّت بدو جو
گویی که پس از مرگ کجا خواهم رفت
می پیش آر و هر کجا خواهی رو

二八九

人道我嗜酒贪杯，此言不虚，
人道我似醒似醉，此言不虚。
请不要凭表象就下断语，
我是什么人，要看什么在我心里。

二九〇

我与酒真算得是因缘际会，
人们为何要对我横加责备。
真希望禁酒令统统废止，
让我在世上不见醒，只见醉。

二九一

我是沽酒人，不管新酿还是陈酒，
为两粒大麦就把天堂舍弃。
你问我死后何处栖身，
拿酒来，有酒天涯海角任凭漂流。

۲۹۲

صحرا رخ خود بابر نوروز بشست
و ین دهر شکسته دل بنو گشت درست
با سبز خطی بسبزه زاری می خور
بر یاد کسی که سبزه از خاکش رست

۲۹۳

ابر آمد و باز بر سر سبزه گریست
بی باده ء گلرنگ نمی باید زیست
این سبزه خود امروز تماشا گه ماست
تا سبزه ء خاک ما تماشاگه کیست

۲۹۴

چون ابر بنوروز رخ لاله بشست
بر خیز و بجام باده کن عزم درست
کاین سبزه که امروز تماشاگه تست
فردا همه از خاک تو برخواهد رست

二九二

一场新春细雨洗净了郊原，
沮丧的大地焕发了新颜。
同嫩须乍露的小伙草坪对饮，
将草坪下栖身的故人怀念。

二九三

乌云细雨，泪洒青青草坪，
没有红酒，如何度过人生？
如今你我在草坪上漫步，来日
何人漫步你我尸土上的草坪？

二九四

新春细雨洗净郁金香花瓣，
快来，斟满眼前的酒盏。
今天，你在草坪上赏花休憩，
来日青草就长在你尸土上面。

۲۹۵

ای گل تو بروی دلربایی مانی
وی مل تو بلعل جانفزایی مانی
ای بخت ستیزه کار هر دم با من
بیگانه تری باآشنایی مانی

۲۹۶

می خور که بسی زیرزمین خواهی خفت
بی مونس و بی یاور و بی همدم و جفت
زنهار مگو بکس تو این راز نهفت
هر لاله که پژمرد نخواهد بشگفت

۲۹۷

فصل گل و طرف جویبارو لب کشت
با یک دو سه اهل ولعبتی حورسرشت
پیش آر قدح که باده نوشان صبوح
آسوده ز مسجدند و فارغ ز کنشت

二九五

花儿啊，你多么像俏丽的佳人，

红酒啊，你多么像销魂的红唇。

命运每时每刻都与我作对，

本来毫不相干，可现在成了熟人。

二九六

且饮一杯，你将在花下长眠，

无亲无友，孤零零无人陪伴。

切记，这个秘密不可告人，

凋谢的郁金香再不能争芳吐艳。

二九七

趁花开时，在郊野的小河边，

二三雅士仙姝陪在身边，

将酒来，让我们共饮晨酒，

清真寺礼拜堂都抛在一边。

۲۹۸

تا کی ز جفا ی هر کسی ننگ کشیم
و ز مالش روزگار نیرنگ کشیم
با یار سبکروح دمی بنشینیم
رطلی دوسه باده ء گرانسنگ کشیم

۲۹۹

با سر و قدی تازه تر از خرمن گل
از دست مده جام می و دامن گل
ز ان پیش که ناگه شود از باد اجل
پیراهن عمر ما چو پیراهن گل

۳۰۰

برخیز و بیا تا می گلرنگ کشیم
با نغمه ء عود و ناله ء چنگ کشیم
هش دار که ایام تراویح گذشت
عید است بیا تا می گلر نگ کشیم

二九八

伤尽尊严的虐待何时方休？
诡诈阴险的蹂躏何时到头？
陪着心爱的情人小坐片刻，
浓郁香醇的美酒饮上两斗。

二九九

此刻，艳若桃李的美人与我倾谈，
切莫离开花儿，切莫放下酒盏。
死神风暴一旦袭来，到那时，
生命会像花一样枯萎凋残。

三〇〇

来吧，让我们共饮晶莹的美酒，
一起倾听乌德琴与竖琴的弹奏。
塔勒维哈礼拜的日子已经过去，[34]
节日来临，正是畅饮美酒的时候。

۳۰۱

حال گل و مل باده پرستان دانند
نه تنگدلان و تنگدستان دانند
از بیخبری بی خبری معذوری
ذوقی است دراین شیوه که مستان دانند

۳۰۲

اکنون که ز خوشدلی بجز نام نماند
یک همدم پخته جز می خام نماند
دست طرب از ساغرمی بازمگیر
امروز که در دست بجز جام نماند

۳۰۳

با روی نکوی و لب جوی و مل و ورد
تا بتوانم عیش و طرب خواهم کرد
تا بوده ام و هستم و خواهم بودن
می خورده ام و میخورم و خواهم خورد

三〇一

只有酒仙深谙花与酒的魅力，
腌臜小人无缘体会个中情趣。
醉得人事不省不应受到指责，
醉者才品得出酒中的佳趣。

三〇二

如今欢乐只剩下个空名，
除了烈酒再无任何至爱亲朋。
切勿放下慰人的酒杯，
也只有这杯还把握在手中。

三〇三

小河岸边，美酒琴声伴着娇娘，
得意尽欢，让自己心情舒畅。
我生在人世，只要尚未远走，
不论什么时候我都畅饮酒浆。

۳۰۴

چند از غم و غصّهء جهان قالا قال
برخیز و بشادی گذران حالاحال
از سبزه چو شد روی زمین میلامیل
در کش می لعل از قدح مالامال

۳۰۵

خوش باش که ماه عید نو خواهد شد
و اسباب طرب جمله نکو خواهد شد
مه زرد و خمیده قد و لاغر شده است
گویی که از ین رنج فرو خواهد شد

۳۰۶

ای می لب لعل یار می دار بدست
ز آنروکه شگرف داری این کار بدست
ز ا ن شد ز لب لعل قدح بر خوردار
کآورد بخون دل لب یار بدست

三〇四

人世到处是烦愁，何必忧伤，
来，让我们欢度眼前的时光。
郁郁葱葱的绿草覆盖大地，
杯中酒满，让我们痛饮千觞。

三〇五

莫悲伤，月亮还会复圆，
给人们带来欢乐，光耀人间。
如今她脸色苍白身躯伛偻，
只是暂时隐藏起自己的颜面。

三〇六

看这红酒多么像情人的红唇，
红酒有奇效，振奋人的精神。
享受这红唇带给你的慰藉吧，
让红唇安慰你充满忧伤的心。

۳۰۷

کردیم دگر شیوه ء رندی آغاز

تکبیر همی زنیم بر پنج نماز

هرجا که پیاله یی است ما را بینی

گردن چو صراحی سوی او کرده دراز

۳۰۸

تا چرخ فلک بر آسمان گشت پدید

بهتر ز می لعل کسی هیچ ندید

من در عجبم زمی فروشان کایشان

به زین که فروشند چه خواهند خرید

۳۰۹

در بزم خرد عقل دلیلی سره گفت

در روم و عرب میمنه و میسره گفت

گر نااهلی گفت که می ناسره است

من کی شنوم چونکه خدا میسره گفت

三〇七

今后，我要学浪子，玩世不恭，
每日五次祈祷，把浪子赞颂。
见哪里有一只盛酒的杯，
我就像酒瓶，对它伸头引颈。

三〇八

只要苍穹在宇宙中运转不息，
世人最好不要与红酒分离。
我始终不懂那卖酒的汉子，
卖掉酒，能买到什么更好的东西？

三〇九

智慧在理智的宴席上发表高论，
惹得罗马和阿拉伯议论纷纷。
若俗人妄言酒不可饮，我可不信，
真主不也说：请便。这岂不是恩准？

۳۱۰

حکمی که از و محال باشد پرهیز

فرموده و امر کرده کز وی بگریز

ما مانده میان امر و نهیش عاجز

این قصّه چنان بود که کج دارو مریز

۳۱۱

آب رخ نوعروس رز پاک مریز

جز خون دل تائب ناباک مریز

خون دو هزار تائب نامعلوم

بر خاک بریز و جرعه برخاک مریز

۳۱۲

تا کی ز ابد حدیث و تا کی ز ازل

بگذشت ز اندازه ء من علم و عمل

هنگام طرب شراب را نیست بدل

هر مشکل را شراب گرداند حل

三一〇

他做出裁决，谁也无法抗拒，
他颁下指令，无人能够逃避。
令重如山，我们无可奈何，
我讲了这些，你可要好自为之。

三一一

宁让卑劣伪善教士血染黄沙，
也不能使葡萄新娘颜面扫地。
纵令两千个伪善者血流成河，
也不应把一口酒洒落在地。

三一二

这新与旧还要争论到什么时候？
我的智力与劳作无力把它探究。
欢乐时无一物能代替美酒，
酒能解开所有疑难的死扣。

۳۱۳

ز ان پیش که از زمانه تابی بخوریم

با یکدگر امروز شرابی بخوریم

کاین پیک اجل بگاه رفتن ما را

چندان ندهد امان که آبی بخوریم

۳۱۴

پیری دیدم بخواب مستی خفته

و ز گرد شعور خانه ء تن رفته

می خورده و مست خفته و آشفته

الله لطیف بعباده گفته

۳۱۵

دریاب که از روح جدا خواهی شد

در پرده ء اسرار فنا خواهی شد

می نوش ندانی ز کجا آمده یی

خوش باش ندانی که کجا خواهی شد

三一三

趁命运尚未逼得你我呻吟辗转，
让我们相对而坐，传杯递盏。
当死神使者逼我们离世之际，
咽口水的工夫都不容迟延。

三一四

我见一老者醉酒昏昏睡去，
他把理智的尘埃逐出躯体。
嗜酒贪杯，多时沉醉不醒，
口中似在祈祷：真主仁慈。

三一五

你应晓得，灵魂终归飞离躯体，
奔向那深不可测的虚无空寂。
饮一杯吧，你不知自己来自何处，
及时行乐吧，你也不知去向哪里。

۳۱۶

در جسم پیاله   جان روانست روان

در روح مجسم آن روانست روان

در آب فسرده آتشی   سیّار است

در روح بلور   لعل کانست روان

۳۱۷

در فصل بهار اگر بتی حور سرشت

یک ساغر می دهد مرا برلب کشت

هر چند بنزد عامه این باشد زشت

سگ به ز من ارباز کنم یاد بهشت

۳۱۸

هر روز بر آنم که کنم شب توبه

از جام و پیاله ء لبالب توبه

اکنون که رسید وقت گل ترکم نیست

در موسم گل ز توبه یارب توبه

三一六

这杯中蕴含着鲜活的生命，

如灵性在人的精神肉体之中。

这杯中物里蕴藏着跳动的火，

犹如红宝石蕴藏在矿石之中。

三一七

阳春时分，美如天仙的女郎，

在小河边把美酒递到我手上。

尽管有人见此对我加以嘲笑，

狗都不如，如果我再向往天堂。

三一八

每天晚上我都痛心忏悔，

悔不该嗜酒贪杯。

但花开时节我怎能不饮，

主啊，面对花儿我因忏悔而忏悔。

۳۱۹

آن لعل در آبگینه ء ساده بیار

و آن محرم و مونس هرآزاده بیار

چون میدانی که مدّت عالم خاک

بادیست که زود بگذرد باده بیار

۳۲۰

عمریست که مدّاحی می ورد من است

اسباب می است هرچه در گرد من است

زاهد اگر استاد تو عقل است اینجا

خوش باش که استاد توشاگرد من است

۳۲۱

می نوش که عمر جاودانی اینست

خود حاصلت از دور جوانی اینست

هنگام گل ومل است و یاران سرمست

خوش باش دمی که زندگانی اینست

三一九

请给我那罐中的红酒，
酒是正直人的知音挚友。
你可知尘世人生如一阵清风，
转瞬即逝，消愁只有红酒。

三二〇

我时时把赞美醇酒挂在口头，
为沽酒我倾尽家私所有。
教士啊，若你的导师是理智，
他可是我的弟子，我把知识向他传授。

三二一

畅饮一杯吧，这才是永恒的生活，
这才是青春年华应享的欢乐。
在花儿与美酒的季节，与二三酒友
畅饮一番，生命转瞬即逝，来日无多。

۳۲۲

چون نیست در ین زمانه سودی ز خرد
جز بی خرد از زمانه بر می نخورد
پیش آور از آنکه او خرد را ببرد
تا بو که زمانه سوی ما به نگرد

۳۲۳

هر کو رقمی ز عقل در دل بنگاشت
یک لحظه ز عمر خویش ضایع نگذاشت
یا در طلب رضای یزدان کوشید
یا راحت خود گزید و ساغر برداشت

۳۲۴

با این دو سه نادان که چنان می دانند
از جهل که دانای جهان ایشانند
خر باش که از خری که این دونانند
هر کو نه خر است کافرش می خوانند

三二二

当今世道理智已毫无益处，
遇到的人个个都昏庸糊涂。
请给我拿来麻醉心智的杯中物，
或许厄运会放过我们，不再光顾。

三二三

有人智慧超群，聪明颖秀，
片刻生命也不肯虚度。
或竭力修行，博得主的恩惠，
或怡然自得，执杯在手。

三二四

两三个蠢汉出于愚昧本性，
自诩是世界上的博学精英。
你要装得像驴，他们出于驴性，
凡不像驴的，都诬为叛道离经。

۳۲۵

ای من در میخانه بسبلت رفته
ترک بد و نیک جمله عالم گفته
گر هردوجهان چو گوی افتد میگوی
بر من بجوی چو مست باشم خفته

۳۲۶

یک هفته شراب خورده باشی پیوست
هان تا ننهی تو روز آدینه ز دست
در مذهب ما شنبه و آدینه یکی است
جبّار پرست باش نه روز پرست

۳۲۷

کس خلد و جحیم را ندیدست ای دل
گویی که از آن جهان رسیدست ای دل
امید و هراس ما ز چیزیست کزان
جز نام و نشانی نه پدیدست ای دل

三二五

我以胡须把酒肆门前清扫，
世上的善恶是非一例抛却。
就算是两个世界都要毁灭，
与我何干？我已醉得浑然不觉。

三二六

一周七天要不停地畅饮美酒，
到礼拜五祈祷日也不要停手。
在我们的信念中礼拜几毫无区别，
拜主就不应问礼拜五礼拜六。

三二七

心啊，无人见过地狱与天堂，
你说有谁从彼世来到世上？
希望和恐惧都徒然无益，
何必空自愁烦，谋虚逐妄。

۳۲۸

چون دی و پریر و پار و پیرار گذشت
شادی و غم محنت بسیار گذشت
امروز بدانچه میرسد خوش میباش
این نیز چنین که آید انگار گذشت

۳۲۹

ای دل چو نصیب تو همه خون شدنست
و احوال تو هر لحظه دگر گون شدنست
ای جان تو درین تن بچه کار آمده یی
چون عاقبت کار تو بیرون شدنست

۳۳۰

ای صاحب فتوی از تو پرکارتریم
با اینهمه مستی ز تو هشیار تریم
تو خون کسان خوری و ما خون رزان
انصاف بده کدام خونخوار تریم

三二八

昨天前天去年都已成为过去，
酸甜苦辣都已成为陈迹。
把握而今现在，及时行乐吧，
要来的会同样转眼逝去。

三二九

心啊，你胸中只有痛苦和愁烦，
每时每刻你都在一丝丝改变。
生命啊，你何必降临到躯体，
最终仍要远走，一去不还。

三三〇

教长啊，我们的劳作可比你沉重，
我们烂醉如泥，也还比你清醒。
我们喝葡萄的血，你却喝人血，
凭良心，究竟谁更嗜血无情？

۳۳۱

گر می نخوری طعنه مزن مستانرا
بگذار ز دست حیله و دستانرا
توغّره بدان شدی که می می نخوری
صد کار کنی که می غلامست آنرا

۳۳۲

دانی که چرا ست توبه نا کردن من
زیرا که حرام نیست می خوردن من
بر اهل مجاز است بتحقیق حرام
می خوردن اهل راز در گردن من

۳۳۳

مشنو سخن زمانه سازآمدگان
می گیر مروّق ز طراز آمدگان
رفتند یکان یکان فراز آمدگان
کس می ندهد نشان باز آمدگان

三三一

你不饮酒，也不要把酒徒责备，
更不要施计害人，作歹为非。
你自诩从来就滴酒不沾，
但你的所为比饮酒恶劣百倍。

三三二

你可知我因何不为饮酒忏悔？
因为我饮酒不犯禁违规。
伪善者饮酒确实犯禁，
我是认主之人，可以嗜酒贪杯。

三三三

别管那些趋炎附势者的妄言，
且从美人手中接过醇酒杯盏。
凡来过的人一个接一个远去，
可曾有人指出谁从原路返还？

۳۳۴

من باده ء تلخ تلخ دیرینه خورم
و اندر مه روزه روز آدینه خورم
انگور حلال خویش در خم کردم
گو تلخ مکن خدای تا می نخورم

۳۳۵

آنها که اسیر عقل و تمییز شدند
د رحسرت هست و نیست ناچیز شدند
رو بی خبری بآب انگور گزین
کاین بی خبران بغوره مویز شدند

۳۳۶

تا چند اسیر عقل هر روزه شویم
دردهرچه صد ساله چه یکروزه شویم
در ده قدح باده از آن پیش که ما
در کارگه کوزه گران کوزه شویم

三三四

我喝着这苦涩的陈酒，
到了斋月和礼拜日也不罢手。
我把发酵的葡萄汁倒入酒罐，
你求主不使酒发苦我就不再饮酒。

三三五

多少人机关算尽，斤两必究，
为区区利害得失烦愁。
作个醉中人去痛饮酒浆吧，
饮酒后就会变得成熟。

三三六

人被聪明所误，误到何年，
管什么活一天，还是百年。
拿酒来，让我们痛快地畅饮，
趁变成陶工作坊的酒壶之前。

۳۳۷

یک جرعه می کهنه ز ملک نو به

وزهر چه طریق می نه بیرون شو به

جامیش به از ملک فریدون صد بار

خشت سر خم ز تاج کیخسرو به

۳۳۸

می خوردن و گرد نیکوان گردیدن

به ز آنکه بزرق زاهدی ورزیدن

گر عاشق ومست دوزخی خواهد بود

پس روی بهشت کس نخواهد دیدن

۳۳۹

بیگانه اگر وفا کند خویش من است

و ر خویش جفا کند بداندیش من است

گر زهر موافقت کند تریاق است

و ر نوش مخالفت کند نیش من است

三三七

一口酒胜过一个新建的王国，
凡事无酒，最好一概摆脱。
一杯美酒胜过百个法里东的国家，
酒罐陶盖比胡斯鲁王冠价值更多。

三三八

擎一杯美酒，伴着心上人共饮，
强似本不信主，欺世骗人。
若饮者和情人都入地狱，
那么，天堂之上可还有来人？

三三九

生人以诚相待，岂不就是亲人，
亲人反目相弃，岂不就是仇人。
如果毒药益人，岂不就是良药，
如果美食致病，岂不就是毒药？

۳۴۰

دادم بامید روزگاری بر باد

نابوده ز روزگار خود روزی شاد

ز ان می‌ترسم که روزگارم ندهد

چندانکه ز روزگار بستانم داد

۳۴۱

هر جان شریف کو شناسای رهست

داند که هر آنچه آمد از جایگهست

رنجی که بدو رسد نه از دور مهست

کو نیز ز هر چه می‌رود بی‌گنهست

۳۴۲

دانی ز جهان چه طرف بربستم هیچ

و ز کار جهان چگونه وارستم هیچ

شمع طربم ولی چو بنشستم هیچ

خود جام جمم ولی چو بشکستم هیچ

三四〇

生的希望我已经失掉，

一生中没有一天充满欢笑。

我现在担心的是时不我予，

让我在有生之年讨回公道。

三四一

高贵的心灵深谙世事变幻，

懂得一切出自于一个本源。

磨难不是来自遥远的星辰，

一切责任都不应由它们承担。

三四二

我来到人间，可得到什么收益？

我想摆脱世事，也是徒劳无益。

我是明烛，但明烛燃尽又将如何？

我是神杯，神杯破碎后又于人何益？

۳۴۳

گویند که دوزخی بود عاشق و مست
قولی است خلاف و دل در و نتوان بست
گر عاشق و مست دوزخی خواهد بود
فردا بینی بهشت همچون کف دست

۳۴۴

نه جامه ء عمر کهنه نو خواهد شد
نه کار باندیشه نکو خواهد شد
می خور بسبو کاسه ء اندوه مخور
کاین کاسه چو بشکند سبو خواهد شد

۳۴۵

گویند بهشت و حور و کوثر باشد
جوی می و شیرو شهد و شکر باشد
یک جام بده ز باده هان ای ساقی
نقدی ز هزار نسیه خوشتر باشد

三四三

人道情人与酒徒都入地狱，
胡说八道，根本无须在意。
地狱里若都是情人与酒徒，
那天堂岂不像是手掌摊开，一派空寂。

三四四

生命的旧衫永不再焕发新颜，
世事不因你忧虑而些许改变。
畅饮杯中物吧，不要忧虑，
这杯一朝破碎又会制成酒罐。

三四五

人道天堂上有仙女仙泉，
美酒蜜糖，如河似川。
萨吉啊，斟满这杯高高举起吧，
现世比幻境胜过千般。

۳۴۶

خورشید کمند صبح بر بام افکند
کیخسرو روز مهره در جام افکند
می خور که منادی سحرگه خیزان
آوازه ء اشربوا در ایّام افکند

۳۴۷

غم کشته ء جام یکمنی خواهم کرد
خود را بدورطل می غنی خواهم کرد
اوّل سه طلاق عقل و دین خواهم گفت
پس دختر رز را بزنی خواهم کرد

۳۴۸

طبعم همه با روی چو گل پیوندد
دستم همه با ساغر مل پیوندد
از هر جزوی نصیب خود بستانم
ز ان پیش که جزوها بکل پیوندد

三四六

黎明霞光如太阳投向屋顶的套杆，
旭日东升如胡斯鲁把骰子抛入水碗。
黎明即起的人们发出阵阵劝酒声，
"饮吧，饮吧"，声声呼喊响彻中天。

三四七

痛饮斗酒，我驱散心头忧愁，
饮下两斗，我堪称富有。
三休了理智和信仰的前妻，
选取葡萄的女儿作我佳偶。

三四八

我生来就属意于如花粉面，
我本性厮恋着美酒杯盏。
每道席我只取自己应得之份，
曲终席散，我又返归本原。

۳۴۹

گر یار منید ترک طامات کنید
غمهای مرا بمی مکافات کنید
چون درگذرم زخاک من خشت زنید
در رخنه ء دیوار خرابات کنید

۳۵۰

می خور که زتو کثرت و قلّت ببرد
و اندیشه ء هفتاد و دو ملّت ببرد
پرهیز مکن ز کیمیایی که از او
یک جرعه خوری هزار علّت ببرد

۳۵۱

ای وای بر آن دل که در آن سوزی نیست
سودا زده ء مهر دل افروزی نیست
روزی که تو بی عشق بسر خواهی برد
ضایعتر از آن روز ترا روزی نیست

三四九

是朋友请勿总是空谈，
快取杯酒来为我排解愁烦。
我去后用我尸土制成方砖，
用这砖砌墙，建一座酒店。

三五〇

美酒让你摆脱利害的贪求，
美酒使你远离七十二国的厮杀争斗。[35]
美酒是灵丹妙药，万勿离手，
饮一口就让你忘掉百虑千愁。

三五一

心中如若没有火样的激情，
就不可能以爱使人温暖感动。
如若哪天不体味爱的温馨，
那便是白活一天浪费生命。

۳۵۲

دارم ز جفای فلک آینه گون
وز گردش روزگار خس پروردون
از گریه رخی همچو پیاله پراشک
و ز دیده دلی همچو صراحی پرخون

۳۵۳

غرّه چه شوی بمسکن و کاشانه
و ین عمرکه نیست جزغم و افسانه
برخانه ء صرصری چه افروزی شمع
در رهگذر سیل چه سازی خانه

۳۵۴

خواهی که پسندیده ء ایّام شوی
مقبول به پیش خاصه و عام شوی
اندر پی مؤمن و جهود و ترسا
بد گوی مباش تا نکونام شوی

三五二

苍天澄清明朗，但它却把我捉弄，

日月巡回轮转，它造就冥顽昏庸。

我眼中充满泪水，似这酒杯，

心中充满悲愁，似这盛着红酒的瓶。

三五三

对人间逆旅何必口出怨言，

人生一梦，离奇且又荒诞。

在旅舍暂驻何必高燃华烛，

在奔流的水道岂能把居处修建。

三五四

你若想得到时人的尊敬，

上上下下对你都口无怨声，

对穆斯林犹太教徒天主教徒，

都无非议，这样就会赢得个美名。

۳۵۵

غم چند خوری بکار نا آمده پیش

رنجیست نصیب مردم دوراندیش

خوش باش وجهان تنگ مکن بردل خویش

از غم خوردن قضا نگردد کم و بیش

۳۵۶

جانا ز کدام دست بر خاسته یی

کز طلعت خویش ماه را کاسته یی

خوبان جهان بعید روی آرایند

تو عید بروی خویش آراسته یی

۳۵۷

یاری که دلم ز بهر او زار شده ست

او جای دگر بغم گرفتار شده ست

من در طلب علاج خود چون کوشم

چون آنکه طبیب ما ست بیمار شده ست

三五五

何必为未然之事而伤心苦恼，
思虑过多过远是自寻苦恼。
别因世事不如愿而自讨苦吃，
命运不因你的痛苦而改变多少。

三五六

美人啊，何人之手把你塑造，
造就了你这闭月羞花的容貌。
艳丽的颜色何需铅华脂粉，
你的姿容给节日平添几许热闹。

三五七

我因心上人竟日忧伤，
而她却另有一番别样的愁肠。
我又能到何处去寻医觅药，
连我的医生也已卧病在床。

۳۵۸

دانی ز چه روی شهره گشتست و چه راه
آزادی سرو و سوسن اندر افواه
کاین دارد ده زبان و لیکن خاموش
و ان دارد صد دست و لیکن کوتاه

۳۵۹

تن در غم روزگار بیداد مده
جانرا ز غم گذشتگان یاد مده
دل جز بسمنبری پریزاد مده
بی باده مباش وعمر بر باد مده

۳۶۰

این جسم پیاله بین بجان آبستن
همچون سمنی به ارغوان آبستن
نی نی غلطم که باده ازغایت لطف
آبیست بآتش روان آبستن

三五八

你可知人们因何欣赏柏树与百合？
赞扬它们怡然自得，豁达超脱？
一个有十条舌，却沉默不语，
一个有百只手，却不务攀折。

三五九

切莫为不公的世道忧郁伤身，
切莫为前人的不幸烦恼忧心。
只把心灵奉献给如花的仙子，
酒杯莫停，莫辜负锦绣青春。

三六〇

你看这杯中物似乎蕴含着生命，
它现出花朵上的一抹绛红。
不，不，这是含有大爱的酒水，
确有灵性之火孕育其中。

۳۶۱

زین سقف برون رواق ودهلیزی نیست

جز با من و با تو هیچ تمییزی نیست

هر چیز که وهم کرده یی کان چیزی است

خوش بگذر از آن خیال کان چیزی نیست

۳۶۲

گر گل نبود نصیب ما خار بس است

ور نور بما نمیرسد نار بس است

گر خرقه و خانقاه و شیخی نبود

ناقوس و کلیسیا و زنّار بس است

۳۶۳

ترکیب طبایع چو بکام تو دمی است

روشاد بزی اگر چه بر تو ستمی است

با اهل خرد باش که اصل تن تو

گردی و نسیمی و غباری و دمی است

三六一

除去这天棚之外别无居所，

它不分彼此，对你我同样厚薄。

你所想象的大都不过如此，

抛开空想吧，这些都是幻觉。

三六二

得不到花，摊上芒刺也可，

见不到光，我们满足于火。

没有长袍拜坛，无缘得见长老，

听教堂钟声系条腰带照样过活。[36]

三六三

大千世界遂愿事少违愿事多，

应仍开颜欢笑，虽然备受折磨。

应选取明智之士过往交游，

你如一粒微尘，又似一阵清风吹过。

۳۶۴

شب نیست که عقل در تحیّر نشود
و ز گریه کنار من پر از در نشود
پر می نشود کاسه ء سر از سودا
هر کاسه که سر نگون بود پر نشود

۳۶۵

رفتم بخرابات بایمان درست
زنّار مغانه در میان بستم چست
شاگرد خرابات ز بدنامی من
رختم بدرافکند و خرابات بشست

۳۶۶

چون باد بزلف او رسیدن مشکل
و زدست غمش عنان کشیدن مشکل
گفتند بدیده روی او نتوان دید
گر دیده ء ما ست دیده دیدن مشکل

三六四

哪一夜我的心不为世事震撼？
哪一夜热泪不浸透我的衣衫？
头颅如碗，装着不尽的愁绪，
愁绪不尽，因为这碗倒扣翻转。

三六五

我直奔酒馆，心中充满崇高信仰，
把一条穆护的腰带系到腰上。
酒馆伙计不容我这声名狼藉之人，
撕破我的衣裳，洒水冲洗店堂。

三六六

不能像风吹入她的披肩发间，
不像收缰之马，收住对她的思念。
明明有眼，却看不到她的真容，
因为人看不到自己的眼。

۳۶۷

غوّاصی کن گرت گهر می باید
غوّاصی ر ا چند هنر می باید
سررشته بدست یارو جان بر کف دست
دم نازدن و قدم ز سر می باید

۳۶۸

محبوب جمال خود بآدم بخشید
سرّ حرمش بیار محرم بخشید
هر نقد که در خزانه ء عالم بود
سلطان بکرم بجزو آدم بخشید

۳۶۹

هر لحظه بتا تکبّر و ناز مکن
خود بینی و خود پرستی آغاز مکن
آسوده بر آ گره ز ابرو بگشا
و ین عربده با عاشق جانباز مکن

三六七

要捞取珍珠就得潜身海底，
潜身海底是一项精湛的技艺。
一切托付挚友，生死置之度外，
不停地探求，不惧肝脑涂地。

三六八

心上人赋予世人完美的天性，
对密友透露秘而不宣的隐情。
把世上宝库中的珍贵财产，
慷慨地交付到世人手心。

三六九

美人啊，你不应总是卖弄张扬，
不应总自以为是，自我欣赏。
舒展开眉头，安生片刻吧，
不要对痴心的恋人恶语相向。

۳۷۰

خیّام اگر ز باده مستی خوش باش
با ماهرخی اگر نشستی خوش باش
چون عاقبت کار جهان نیستی است
انگارکه نیستی چو هستی خوش باش

۳۷۱

سازنده ء کار مرده و زنده تویی
دارنده ء این خلق پراکنده تویی
من گرچه بدم خواجه ء این بنده تویی
کس را چه گنه نه آفریننده تویی

۳۷۲

یاران موافق همه از دست شدند
در پای اجل یکان یکان پست شدند
بودند تنگ شراب در مجلس عمر
یک لحظه ز ما پیشترک مست شدند

三七〇

海亚姆啊，能杯中取醉你应知足，

有美女陪伴在旁，你应知足。

这人世上的一切终归毁灭，

享受有生岁月，你应知足。

三七一

你主宰着一切生者与死人，

世上芸芸众生无不是你的子民。

主啊，我虽卑劣也是你的奴仆，

桩桩罪过还不是早已铸就在身。

三七二

知心朋友一个个都已远走，

面对死神无奈地低垂下头。

人生之杯他们已一饮而尽，

在我们之前醉倒，永不回头。

۳۷۳

ماییم که اصل شادی و کان غمیم

سرمایه ء دادیم و نهاد ستمیم

پستیم و بلندیم و کمالیم و کمیم

آیینه ء زنگ خورده و جام جمیم

۳۷۴

از دفتر عمر بر گشودم فالی

ناگاه ز سوز سینه صاحب حالی

می گفت خوشا کسی که اندر بر او

یاریست چو ماهی و شبی چون سالی

۳۷۵

یک دست بمصحفیم و یک دست بجام

گه مرد حلالیم و گهی مرد حرام

ماییم در ین گنبد فیروزه رخام

نه کافر مطلق نه مسلمان تمام

三七三

我们是欢乐之源，忧愁之本，
我们是公正之基，暴虐之根。
既卑贱又高贵，既完美又畸形，
生锈之镜贾姆之杯集于一身。

三七四

我欲知一生际遇，占卦问卜，
有位老者关切地叮咛嘱咐：
能与美人共度漫漫长夜，
在人世间才称得上是幸福。

三七五

一手执杯，一手捧《古兰经》，
虔诚敬主，但又冷落神明。
置身在翡翠色的苍穹之下，
是异教徒却不昧主，是信徒却不虔诚。

۳۷۶

چون باده خوری ز عقل بیگانه مشو
مدهوش مباش و جهل را خانه مشو
خواهی که می لعل حلالت باشد
آزار کسی مجوی و دیوانه مشو

۳۷۷

ما کز می بیخودی طربناک شدیم
و ز پایه ء دون بر سر افلاک شدیم
آخر هم از آلایش تن پاک شدیم
از خاک بر آمدیم و در خاک شدیم

۳۷۸

چون روزی و عمر بیش و کم نتوان کرد
خود را بکم و بیش دژم نتوان کرد
کار من و تو چنانکه رای من و تست
از موم بدست خویش هم نتوان کرد

三七六

你畅饮美酒，但不要丧失理性，

不应烂醉不醒，不要做出愚蠢行动。

你若既想畅饮美酒又不犯禁，

不要伤害他人，也不要狂耍酒疯。

三七七

一口酒让我们欣然而乐得意忘形，

仿佛从大地向云天高处升腾。

我们最终都要离开肮脏的躯壳，

从土中来，还要回到土中。

三七八

人的福分和寿命无法增减，

何必因厚薄多少空自愁烦。

你我的行为和你我的意愿，

不像手中的蜡，随意方圆。

۳۷۹

می خور که تنت بخاک درذّره شود
وان ذره همی پیاله و جرّه شود
از دوزخ و از بهشت فارغ میباش
عاقل بچنین سخن چرا غرّه شود

۳۸۰

این چرخ فلک که ما دراو حیرانیم
فانوس خیال از او مثالی دانیم
خورشید چراغ دان و عالم فانوس
ما چون صوریم کاندر و گردانیم

۳۸۱

گویند هر انکسان که با پرهیزند
ز انسان که بمیرند بدانسان خیزند
ما با می و معشوق از آنیم مدام
تا بو که بحشرمان چنان انگیزند

三七九

饮吧，你的身躯会化为土中颗粒，
这颗粒又会制成盛酒的酒器。
何必忧虑什么天堂与地狱，
智者不会听信这类痴言梦呓。

三八〇

面对这令人茫然不解的苍穹，
越看越像光怪陆离的走马灯。
太阳是光源，宇宙是灯体，
我们是画中人，来去匆匆。

三八一

据说有人洁身自好潜心修行，
他死后还可以转世重生。
那我热恋着美酒与情人，
或许到末日又能聚首重逢。

۳۸۲

ز ان پیش که برسرت شبیخون آرند
فرمای که تا باده ء گلگون آرند
تو زر نیی ای غافل نادان که ترا
در خاک نهند و باز بیرون آرند

۳۸۳

گویند بحشر گفت و گو خواهد بود
آن یار عزیز تند خو خواهد بود
از خیّر محض بد نیاید هر گز
خوش باش که عاقبت نکو خواهد بود

۳۸۴

هر گه که طلوع صبح ازرق باشد
باید که بکف می مروّق باشد
گویند در افواه که حق تلخ بود
شاید بهمین دلیل می حق باشد

三八二

趁死神尚未给你致命一击，
且命人取过红酒，聊以慰藉。
蠢汉啊，你可不像是黄金，
今日埋入地下，明天又可掘取。

三八三

人道末日会有一场清算，
那亲爱的人儿苛刻而威严。
真心行善吧，行善不会有恶报，
放宽心，一切都会称心如愿。

三八四

蓝色的天幕上初露晨曦，
请把晶莹的美酒高高举起。
众口一词，都说真理味苦，
难怪大家都说，酒是真理。

۳۸۵

قرآن که مهین کلام خوانند او را
گه گاه نه بر دوام خوانند او را
در خطّ پیاله آیتی روشن هست
کاندر همه جا مدام خوانند او را

۳۸۶

تا بتوانی خدمت رندان میکن
بنیاد نماز و روزه ویران میکن
بشنو سخنان عمر خیّامی
می میخورو ره میزن و احسان میکن

۳۸۷

بر سنگ زدم دوش سبوی کاشی
سر مست بدم که کردم این اوباشی
با من بزبان حال میگفت سبو
من چون تو بدم تو نیز چون من باشی

三八五

那经文被誉为妙言之冠，
但也不能终日不停地诵念。
这杯中物却永远给人慰藉，
它无处不在，而且传之久远。

三八六

你应尽心竭力为酒徒效劳，
不必去守斋，也不必去祈祷。
听取奥玛·海亚姆一句忠告，
去饮酒长歌，去躬行善道。

三八七

昨晚，我把酒罐摔到石上，
贪杯醉酒，才如此粗暴荒唐。
可是，那酒罐却口吐人言：
我曾像你，你也将像我一样。

۳۸۸

هر گز نه جهان کهنه نو خواهد شد

نه کار کسی بکام او خواهد شد

ای ساقی اگر باده دهی ور ندهی

ناچار سر همه فرو خواهد شد

۳۸۹

روزی که بود وقت هلاک من و تو

از تن برود روان پاک من و تو

ای بس که نباشیم و درین چرخ کبود

مه در تابد بر سر خاک من و تو

۳۹۰

آن ماه که گفتی ملک رحمانست

این بار گرش نگه کنی شیطانست

رویی که چو آتش بزمستان خوش بود

امسال چو پوستین بتابستانست

三八八

这陈旧不堪的人世再不会更新，
世上人没有一个过得如意称心，
萨吉啊，不论你给不给我美酒，
最终人人都得俯首低头地下栖身。

三八九

有朝一日，我们的大限来临，
纯洁的灵魂飞离你我的躯身。
我们永远离去，在蔚蓝的苍穹下，
只有明月映照你我的孤坟。

三九〇

这美女本如天仙般妩媚艳丽，
仔细看却凶狠得与魔鬼无异。
她的面庞本似冬日暖人的火，
如今却似夏日皮袍令人窒息。

۳۹۱

در دهر چو آواز گل تازه دهند
فرمای بتا که می باندازه دهند
از دوزخ و از بهشت و از حور و قصور
فارغ بنشین کاین همه آوازه دهند

۳۹۲

آن باده ء خوشگوار بر دستم نه
و ان ساغر چون نگار بر دستم نه
آن می که چو زنجیر به پیچد برپای
دیوانه شدم بیار بر دستم نه

۳۹۳

عشقی که مجازی بود آبش نبود
چون آتش نیم مرده تابش نبود
عاشق باید که سال و ماه و شب و روز
آرام و قرار و خورد و خوابش نبود

三九一

当世上鲜花吐蕊，蓓蕾乍放，
美人啊，请命人备足酒浆。
管什么仙境仙女天堂地狱，
一派谰言，那全是瞎嚷。

三九二

请递给我那清醇可口的酒，
请递我杯，它是我情人密友。
这酒像缠住我双脚的锁链，
我不能自拔，请递我酒。

三九三

逢场作戏的爱迸不出火星，
仿佛将熄的火，半灭半明。
痴情人度日如年，朝思暮想，
昼夜神不守舍，寝食不宁。

۳۹۴

من می خورم و هرکه چو من اهل بود

می خوردن من بنزد او سهل بود

می خوردن من حق بازل میدانست

گرمی نخورم علم خدا جهل بود

۳۹۵

شاد آمدی ای راحت جانم که تویی

تو آمده و من نه بر آنم که تویی

از بهر خدا نه از برای دل ما

چندان بنشین که من بدانم که تویی

۳۹۶

گویند مخور می که بلا کش باشی

در روز مکافات در آتش باشی

این هست ولی زهر دو عالم بهتر

یک لحظه که از شراب سرخوش باشی

三九四

我嗜酒贪杯，在挚友的眼中，
天经地义，本不属越轨之行。
主自当初就已经完全知情，
否则，主岂不是也晦暗不明？

三九五

心上人啊，不承想你翩然而来，
你的到来真让我喜出望外。
真主在上，万请小坐片刻，
让我确信真的是你到来。

三九六

人道切莫饮酒，以免遭到严惩，
末日清算时饮者要遭受火刑。
此言不虚，但为这片刻欢乐，
我甘愿一举抛却彼世与今生。

۳۹۷

رو بیخبری گزین اگر با خبری

تا از کف مستان ازل باده خوری

تو بی خبری بیخبری کار تو نیست

هر بی خبری را نر سد بیخبری

۳۹۸

پیری دیدم بخانه ء خمّاری

گفتم نکنی ز رفتگان اخباری

گفتا می خورکه همچو ما بسیاری

رفتند و خبر باز نیامد باری

۳۹۹

از عقل عنان بپیچ و درساغر پیچ

از خلد و سقر بگذر و در کوثر پیچ

دستار قصب ببـاده بفروش و مترس

کم کن قصبی بس طرفی بر سر پیچ

三九七

你若清醒，应选择忘我真醉，
从天生醉者的手中接过酒杯。
忘我沉醉的真义你无法理解，
真醉，冥顽不灵的人岂能体会。

三九八

我在酒肆遇到一位老人，
问他可知远行人的音信。
他说：饮吧，多少你我之辈，
都已远去，却没有一点回音。

三九九

你应该抛弃理智，手执美酒，
忘掉地狱天堂把库萨尔般美景享受。[37]
卖掉细布缠头巾，拿钱去换酒，
拼凑些零头碎布，权且缠头。

۴۰۰

موجود حقیقی بجز انسان نبود
کس منکر او بغیر شیطان نبود
اسرار آلهی همه در ذات تو است
در یاب که این نکته بس آسان نبود

۴۰۱

تا چند حدیث هفت و چار ای ساقی
مشکل چه یکی چه صد هزار ای ساقی
خاکیم همه چنگ بساز ای مطرب
بادیم همه باده بیار ای ساقی

۴۰۲

دی کوزه گری بدیدم اندر بازار
بر پاره گلی لگد همی زد بسیار
و ان گل بزبان حال با او میگفت
من همچو تو بوده ام مرا نیکو دار

四〇〇

天地间的精华是人本身，
只有魔鬼撒旦才矢口否认。
主的奥秘都在你身上体现，
须知这层道理玄妙而又艰深。

四〇一

为这七与四要困惑到何月何年？ [38]
萨吉啊，管它谜团是一个或一千。
我们源自泥土，弹起琴弦吧，
我们如清风一阵，请给我酒盏。

四〇二

昨天，我在市场上见一陶工，
他的脚深深踩在陶土之中。
那陶土竟对他口吐人言：
我曾与你一样，请把脚步放轻。

۴۰۳

عاقل غم و اندیشه ء لاشیی نخورد
جز جام لبالب و پیاپی نخورد
غم دردل و می چو در صراحی باشد
خاکش برسر که غم خورد می نخورد

۴۰۴

شب نیست که آه من بجوزا نرسد
و ز گریه ء من سیل بدریا نرسد
گفتی که بتو باده خورم پس فردا
شاید که مرا عمر بفردا نرسد

۴۰۵

آورد باضطرارم اوّل بوجود
جز حیرتم از حیات چیزی نفزود
رفتیم باکراه و ندانیم چه بود
ز ین آمدن و بودن و رفتن مقصود

四〇三

明智者从不怀无谓之忧，
唇对着酒杯的唇，畅饮美酒。
心愁郁结，如酒困在杯中，
蠢汉才只知忧愁不饮美酒。

四〇四

我的浩叹无一日不达双子星座，
我的热泪无一夜不成洪波。
你答应我说：明天我与你共饮，
可有谁知明天还属不属于我。

四〇五

当初你匆匆忙忙把我造就，
我感惊奇，不明个中根由。
然后又莫明其妙地远去，
这来去的缘由该到何处寻求？

۴۰۶

از هر چه بجز می است کوتاهی به
می هم ز کف بتان خرگاهی به
مستی و قلندری و گمراهی به
یک جرعه ء می ز ماه تا ماهی به

۴۰۷

توبه نکند هر که ثباتش باشد
از باده که چون آب حیاتش باشد
اندر رمضان اگر کسی توبه کند
باری ز نماز تا نجاتش باشد

۴۰۸

یک چند بکودکی باستاد شدیم
یک چند باستادی خود شاد شدیم
پایان سخن شنو که مارا چه رسید
چون ابردرآمدیم و چون باد شدیم

四〇六

除了美酒，对世上万物切莫贪求，

要帐中美女递过甘洌醇酒。

烂醉不醒，放荡不羁，离经叛道，

一口酒胜过从鱼到月的宇宙。[39]

四〇七

这杯中物是活命的泉水，

信心坚定，就不会为之忏悔。

拉玛赞月若有人忏悔祈祷，

但愿他能够因祈祷而赎罪。

四〇八

小时候跟老师诵读书卷，

长大当老师教人把书念。

到头来我们究竟得到了什么？

来如天边行云，去似轻风消散。

۴۰۹

گویند که ماه روزه نزدیک رسید
من بعد بگرد باده نتوان گردید
درآخر شعبان بخورم چندان می
کاندر رمضان مست بیفتم تا عید

۴۱۰

با ما نگذارند دمی یارانت
غمخوار شدم ز دست غمخوارانت
خورشید تو در درون ما چون افتد
کز ذرّه فزونند هوا دارانت

۴۱۱

تا در هوس لعل لب و جام میی
تا در پی آواز دف و بانگ نیی
اینها همه رنجست و تکلّف زنهار
تا مست و خراب نیستی هیچ نیی

四〇九

人们告诉我斋月已经到来，
到时候不能再把酒开怀。
沙尔邦月我喝足了酒，[40]
一醉不醒，直醉到开斋。

四一〇

你的教士不准我们与你片刻接近，
他们的作为让我们感到痛心。
在你的光辉之下，他们多如浮尘，
浮尘蔽日，你的光辉岂能照到我们。

四一一

你若不吻着情人红唇和杯儿的唇，
不倾听手鼓和丝竹的清音，
就处处碰壁。不如长醉不醒。
万事皆虚，真情到何处去寻？

۴۱۲

در باغ چو بود غوره ترش اوّل دی
شیرین ز چه بود و تلخ چون آمد می
از چوب بتیشه گر کسی کرد رباب
در بیشه چه گویی که که میسازد نی

۴۱۳

عمریست مرا تیره و کاریست نه راست
محنت همه افزوده و راحت همه کاست
شکر ایزد را که آنچه اسباب بلاست
ما را ز کس دگر نمی باید خواست

۴۱۴

گویند بهشت عدن با حور خوش است
من میگویم که آب انگور خوش است
این نقد بگیر و دست از آن نسیه بدار
کآواز دهل شنیدن از دور خوش است

四一二

十月初口味酸涩的葡萄会变甜，
为什么又把它制成苦味的酒？
有人削木制热瓦甫，有人用苇制笛，
供人消遣弹奏，这都出于什么缘由？

四一三

我的人生暗淡无光，处处碰壁，
苦难与日俱增，事事都不顺利。
感谢真主，若论折磨与灾难，
我们自给自足，无需向人讨乞。

四一四

人道天堂风景如画，出没天仙，
我说葡萄的汁液才芳香甘甜。
何苦谋虚逐妄，且把握而今现在，
鼓声悦耳，但听来很远很远。

۴۱۵

ما را ز خرابات خراب آوردند
در میکده بردند و شراب آوردند
گفتیم شراب را کبابی باید
دلها همه بردند و کباب آوردند

۴۱۶

بر شاخ امید اگر بری یافتمی
هم رشته ء خویش را سری یافتمی
تا چند ز تنگنای زندان وجود
ایکاش سوی عدم دری یافتمی

۴۱۷

دشمن بغلط گفت که من فلسفیم
ایزد داند که آنچه او گفت نیم
لیکن چو دراین غم آشیان آمده ام
آخر کم از آنکه من بدانم که کیم

四一五

烂醉如泥，人们把我从酒肆带出，
旋即又把我送入另一间酒铺。
我说从来下酒要佐以烤肉，
他们献上自己的心，颗颗焦煳。

四一六

若能从希望枝头摘到一枚甜果，
或许能从中发现命运的线索。
还要在这狭窄的监牢受几许折磨，
何不觅一道门通向虚无的荒漠。

四一七

敌视我的人说我是哲学家，
创世主晓得这是一派胡话。
自从来到这浮生逆旅，
我是何许人，自己也难于回答。

۴۱۸

خورشید بگل نهفت می نتوانم
و اسرار زمانه گفت می نتوانم
از بحر تفکرم بر آورد خرد
درّی که ز بیم سفت می نتوانم

۴۱۹

دست چو منی که جام و ساغر گیرد
حیفست که آن دفتر و منبر گیرد
تو زاهد خشکی و منم عاشق تر
آتش نشنیده ام که در تر گیرد

۴۲۰

رفتم که در این منزل بیداد بدن
در دست نخواهد بجز از باد بدن
آنرا باید بمرگ من شاد بدن
کز دست اجل تواند آزاد بدن

四一八

太阳的光芒不能土掩泥封，
人世的秘密我也不能讲明。
理智从思维之海捞取一颗珍珠，
由于恐惧，我不敢把珍珠钻孔。

四一九

我这手习惯于高擎美酒酒盏，
天生上不了讲坛拿不了经卷。
你是死板的教士，我是情种，
水火不容，你我无法倾谈。

四二〇

我要去了，在这不公的人世之上，
一无所获，枉走了一番过场。
谁若有幸逃脱死神的纠缠，
他才配因我之死感到欢畅。

۴۲۱

گاویست درآسمان و نامش پروین

یک گاو دگر نهفته در زیر زمین

چشم خردت باز کن از روی یقین

زیر و زبرد.و گاو مشتی خر بین

۴۲۲

قانع بیک استخوان چو کرکس بودن

به ز آنکه طفیل خوان ناکس بودن

با نان جوین خویش حقّا که به است

کآلوده بپالوده‌ء هر خس بودن

۴۲۳

سنّت مکن و فریضه‌ها را بگزار

و ان لقمه که داری زکسان باز مدار

غیبت مکن و دل کسان را مآزار

در عهده‌ء آنجهان منم باده بیار

四二一

天上有头牛，名叫帕尔温，[41]
地下有头牛，永在地底栖身。[42]
睁开你的慧眼把人世看透，
上下是牛，中间是蠢驴一群。

四二二

为人宁可如兀鹰啃一块骨头，
也不要作食客向小人伸手。
宁可咀嚼自家的大麦面饼，
也不去讨守财奴的酸味果酒。

四二三

不要理会教规教法缛节繁文，
有张大饼就不要忘记去周济他人。
不要事事挑剔，不要刺痛人心，
为彼世功德，请递我杯中甘醇。

۴۲۴

هر لذّت و راحتی که خلاّق نهاد
از بهر مجرّدان در آفاق نهاد
هر کس که زطاق منقلب گشت بجفت
آسایش خود ببرد و در طاق نهاد

۴۲۵

در مسجد اگر چه با نیاز آمده ایم
و الله که نه از بهر نماز آمده ایم
روزی اینجا سجاده یی دزدیدیم
آن کهنه شده است باز باز آمده ایم

۴۲۶

چون نیست در این دایرهء بی پرگار
از مایهء عمر هیچکس بر خوردار
هم در می لعل و زلف دلبر آویز
وین یک دو دم خویش غنیمت می دار

四二四

创世主创造了一切安逸和幸福，
是为了主的信徒，他们一心信主。
谁若是背离一主之道，相信多神，
他就是由此断送了自己前途。

四二五

我去清真寺办一件事情，
不是去祈祷，也不是去诵经。
我曾经从清真寺偷了块拜垫，
拜垫用旧了，我把它送回寺中。

四二六

穹庐在上，它没有什么支撑，
世上无人能永久享受生命。
轻拢心上人秀发，伴着红酒，
把眼前的瞬间牢牢地握在手中。

۴۲۷

وقت سحر است خیز ای طرفه پسر
پر بادهء لعل کن بلورین ساغر
کاین یک دم عاریت در ین کنج فنا
بسیار بجویی و نیابی دیگر

۴۲۸

با ناز چو آرمیده باشی همه عمر
لذّات جهان چشیده باشی همه عمر
هم آخر کار رفت باید وانگه
خوابی باشد که دیده باشی همه عمر

۴۲۹

از هر چه خورد مرد شراب اولیتر
با سبز خطان بادهء ناب اولیتر
عالم همه سر بسر رباطیست خراب
در جای خراب هم خراب اولیتر

四二七

东方泛白了，翩翩少年，
请递我晶莹红酒的酒盏。
在世上只是借来的一瞬，
过后再寻，什么也寻不见。

四二八

纵使你娇生惯养，富贵尊荣，
纵使你享尽欢乐，幸福终生。
一切终归有尽，你要启程远去，
历历一生，不过是一场大梦。

四二九

要饮就应饮甘醇可口的美酒，
身边伴着二八年少的挚友。
人世原本是破败不堪的旅舍，
在破败之地就应是醉里春秋。

۴۳۰

وقت سحر است خیز ای مایهء ناز

نرمک نرمک باده خور و چنگ نواز

کاینها که بجایند نپایند دراز

و آنها که شدند کس نمی آید باز

۴۳۱

با بط می گفت ماهیی در تب و تاب

باشد که بجوی رفته باز آید آب

بط گفت که چون من و تو گشتیم کباب

دنیا پس مرگ ما چه دریا چه سراب

۴۳۲

در حلقه ء فقر آی و شاهی میکن

و ز چهرهء دل رفع سیاهی میکن

با معتکف کوی خرابات بگو

خود را بشناس وهر چه خواهی میکن

四三〇

天破晓了，娇生惯养的美少年，
起身吧，让琴声伴你啜饮。
世上人都不会长留永驻，
离去后再也无法回身。

四三一

鱼落沙滩，难受得辗转反侧，
他对野鸭说：回到水中多么快活。
野鸭答：你我最终都会变作烤肉，
死后还说什么快活不快活。

四三二

深陷穷困，但要像帝王般自尊，
扫去阴霾，拂去心上的愁云。
与酒肆的隐者交游为友，
我行我素，认清自己是何等人。

۴۳۳

خیّا م که خیمه های حکمت میدوخت
در کوره ء غم فتاد و ناگاه بسوخت
مقراض اجل طناب عمرش ببرید
دّلال قضا برایگانش بفروخت

۴۳۴

ز ان روح که راح ناب میخوانندش
معمار دل خراب می خوانندش
رطلی دو سه سنگین بمن آرید سبک
خیر آب چرا شراب می خوانندش

۴۳۵

روحی که منزّه است ز آلایش خاک
مهمان تو آمده است از عالم پاک
می ده تو بباده ء صبوحی مددش
ز ان پیش که گوید آنعم الله مساک

四三三

海亚姆缝制了一顶理智的帐篷，
自己却焚身于忧愁的烈火之中。
死神的剪刀剪断他生命之索，
命运的掮客轻易地把他一生断送。

四三四

美酒令人心情开朗，舒适欢畅，
美酒可慰藉愁人的愁肠。
请为我斟满两三杯美酒，
因何责它乱性，这是玉液琼浆。

四三五

纯洁的灵魂一尘不染，
从圣境做客来到你身边。
斟一杯晨酒为它接风吧，
趁诵读"愿主保佑你"之前。

۴۳۶

یک روز ز بند عالم آزاد نیم

یک دم زدن از وجود خود شاد نیم

شاگردی روزگار کردم بسیار

در کار جهان هنوز استاد نیم

۴۳۷

ای بس که نباشیم و جهان خواهد بود

نی نام ز ما و نی نشان خواهد بود

زین پیش نبودیم و همان بود که بود

زین پس چو نباشیم همان خواهد بود

۴۳۸

نه در خور مسجدم نه در خورد کنشت

ایزد داند گل مرا از چه سرشت

چون کافر درویشم و چون قحبهء زشت

نه دین و نه دنیا و نه امید بهشت

四三六

我一天也未能摆脱人世束缚，
我没有一次感到呼吸得舒服。
我甘作学徒，向世道请教，
世事难料，至今也未成为师傅。

四三七

朋友啊，你我不在时世界仍将永存，
勾掉你我的姓名，再不知何处去寻。
你我未来，世界并无任何缺憾，
你我走后，对世界也无任何区分。

四三八

我不去清真寺，也不去礼拜堂，
主晓得用什么土把我塑造成这样。
纵是异教徒，是声名狼藉的妓女，
我也不信教不求利禄不向往天堂。

۴۳۹

در هر دشتی که لاله زاری بوده است

آن لاله ز خون شهریاری بوده است

هر برگ بنفشه کز زمین می‌روید

خالی است که بررخ نگاری بوده است

۴۴۰

زهر است غم جهان و می تریاکم

تریاک خورم ز زهر نبود باکم

با سبزخطان بسبزه بر می غلطم

ز ان پیش که سبزه بردمد از خاکم

۴۴۱

آن روز که نیست در سر آب تاکم

زهری بود ار دهر دهد تریاکم

زهر است غم جهان و تریاکش می

تریاک خورم ز زهر ناید باکم

四三九

若哪里的郁金香分外殷红，
那该是帝王的鲜血含蕴在花中。
哪儿地上长出一丛紫罗兰，
那该是美人面颊上的痣点。

四四〇

世上的忧愁是毒，解药是酒，
我服下解药，便不怕中毒。
与貌美的童子在草坪上嬉戏，
趁青草尚未在我尸土上长出。

四四一

只要一天不饮澄清的酒浆，
解毒药对我也如同毒药一样。
世上的忧愁是毒，解药是酒，
服下解药，便不怕毒药侵入肝肠。

۴۴۲

در کوی خرابات جگر سوزی چند
بنشسته بدند با دل افروزی چند
بر کف قدح باده و مطرب میگفت
هم بگذرد و نماند این روزی چند

۴۴۳

عشق ارچه بلا ست آن بلا حکم قضا ست
بر حکم قضا ملامت خلق خطا ست
هر نیک و بد بنده بتقدیر خدا ست
پس روز پسین حساب بر بنده چرا ست

۴۴۴

بر گیر ز خود حساب اگر با خبری
کاّول تو چه آوردی و آخر چه بری
گویی نخورم باده که می باید مرد
می باید مرد اگر خوری ور نخوری

四四二

在酒肆中三五个知心人落座，
小坐片刻，与挚友倾心对酌。
高举手中的杯，不闻歌者有言，
行看光阴如流，来日无多。

四四三

爱是烦恼，这烦恼本是命中注定，
命中注定就不应对此发出怨声。
奴仆的善恶既然是主的安排，
到末日为什么又要清算严惩？

四四四

你若明智清醒，应细算深究，
当初带来什么，又能把什么带走？
你说我不再饮酒，因为有末日清算，
到末日清算，才不管你饮不饮酒。

۴۴۵

ای دیده اگر کور نیی گور ببین
وین عالم پر فتنه و پر شور ببین
شاهان و سران و سروران زیر گلند
روهای چو مه در دهن مور ببین

۴۴۶

گر کار فلک بعدل سنجیده بدی
احوال فلک جمله پسندیده بدی
و ر علم بدی بکارها در گردون
کی خاطر اهل علم رنجیده بدی

۴۴۷

عاقل چو بکار این جهان در نگرد
عشرت کند و طریق شادی سپرد
دانی که درین زمانه از روی خرد
از عمر براو خورد که غم می نخورد

四四五

眼睛，你若未失明，看这座座坟茔，
看这人世上纷乱不堪的情景。
帝王将相被埋入深深的地底，
如花似月的美人落入蚂蚁口中。

四四六

如若人间事能以公正之尺衡量，
如若世上事能令人满意欢畅，
如若天地间尚有理性二字，
饱学之士怎么会有百结的愁肠？

四四七

明智者审视人生的沉浮际遇，
他就会及时行乐，寻求安逸。
他是凭理智做出聪明的抉择，
享受生活之果，拒绝伤感愁绪。

۴۴۸

هر جان شریف کو شناسای ره است
داند که هر آنچه آید از جایگه است
چیزی که بما میرسد ازحکم شه است
او بین که زهر چه میرود بی گنه است

۴۴۹

قومی که بخواب مرگ سرباز نهند
تا حشر ز قال و قیل خود باز رهند
تا کی گویی که کس خبر باز نداد
چون بیخبرند از چه خبر باز دهند

۴۵۰

تا کی غم آن خورم کزین چرخ کهن
احوال مرا نه سر پدید است نه بن
زان پیش که رخت ازاین سرا پرده برم
ساقی بده آن می که هم این است سخن

四四八

有人深谙世事，洞悉隐情，
知道一切都服从一个指令。
我们的际遇穷通全由主定夺，
对主的决定不应细问究竟。

四四九

有些人早已在冥府中安卧，
直到清算日始终保持缄默。
别再报怨无人给你带来信息，
他们长眠不醒，能告诉你什么？

四五〇

在这人生逆旅要忧愁到哪天，
令人伤心的事情无际无边。
趁打点行囊离开这破帐之前，
萨吉，给我酒，酒令我心欢展颜。

۴۵۱

آنها که بکام دل جهان داشته اند
ناکام جهان بجای بگذاشته اند
تو پنداری که جاودان خواهی ماند
پیش ازتو هم ایشان چو تو پنداشته اند

۴۵۲

خود را شب و روز در شراب اندازم
و زجورفلک مست و خراب اندازم
چون کشتی عمر غرقه خواهد بودن
آن به که سپر بروی آب اندازم

۴۵۳

یاران همه رفتند براهی مشهور
گه سوخته خرمنند و گه ساخته گور
ما مانده در این بادیه ء پر ز غرور
چون لاشه خری بارگران منزل د ور

四五一

有些人已永远栖身地底，

抛下世上人，伤心失意。

你曾幻想能永远留在世上，

其实许多前人都有这样的期冀。

四五二

我日日夜夜畅饮，以酒为友，

备受人世折磨，醉里大梦悠悠。

生命之舟有朝一日终归倾覆，

要什么救生衣？我只要一醉方休。

四五三

朋友故人都已踏上了归程，

生时穷愁潦倒，死后充实坟茔。

我们仍留在这暴虐的荒原，

像负重的老驴，跋涉漫漫路程。

۴۵۴

صوفی شده‌یی دلت نه صافی است چه سود
وین زهد تو از بهر ریائیست چه سود
خود را بمیان خرقه کردی زاهد
فردا که خدا ازتو نه راضی است چه سود

۴۵۵

در دامن این چرخ نو انگیز کهن
با دوست تو سرزیک گریبان بر کن
دستی که زمانه را نه سر یافت نه بن
کوته مکن ازمی که دراز است سخن

۴۵۶

پیری سر رای نا صوابی دارد
گلنار رخم برنگ آبی دارد
بام و در چار رکن دیوار وجود
لرزان شده روی در خرابی دارد

四五四

名为苏菲心境不宁，这有何益？[43]
弄虚作假，伪装修行，这有何益？
穿件破袍，混迹于修士之列，
末日得不到宽赦又有何益？

四五五

这苍穹花样翻新，变幻无常，
要与你的挚友甘苦共尝。
时运的始终不握在你手里，
唯酒不可或缺，说来话长。

四五六

迟暮之年已经叶败枝残，
脸色变得青灰，失去了红颜。
生命的房门和四根支柱，
已然倾斜摇晃，行将倒坍。

۴۵۷

گر من بمراد و اختیار خود می

فارغ از همه جهان ز نیک و بد می

به زان نبدی که اندر این عالم دون

نه آمدمی نه شدمی نه بدمی

۴۵۸

ز ان پیش که نام تو ز عالم برود

می خور که چو می بدل رسد غم برود

بگشای سر زلف بتی بند ز بند

ز ان پیش که بند بندت از هم برود

۴۵۹

می نوش که می غم ز نهاد ت ببرد

شغل دو جهان جمله ز یادت ببرد

رو آتش تر طلب کن و آب حیات

ز ان پیش که همچو گرد بادت ببرد

四五七

如果按我意愿自主选择，
我就超越善恶清静淡泊。
最好不到邪恶人世上来，
不来不去，不在这里生活。

四五八

在你的名字从世上勾销之前，
饮吧，酒能驱散你心头愁烦。
轻轻解开心上人秀发的发辫，
你生命之结也有拆解的那天。

四五九

饮吧，酒可驱散你心头愁烦，
酒可解脱你两世的羁绊。
酒是液体的火，生命之泉，饮吧，
趁狂风把你如尘埃卷去之前。

۴۶۰

ای بس که نباشیم و جهان خواهد بود

نی نام ز ما و نی نشان خواهد بود

زین پیش نبودیم و نبد هیچ خلل

ز ین پس چو نباشیم همان خواهد بود

۴۶۱

یک جام شراب صد دل و دین ارزد

یک جرعه ء می مملکت چین ارزد

جز باده ء لعل چیست درروی زمین

تلخی که هزار جان شیرین ارزد

۴۶۲

می با رخ دلبران چالاک بخور

افعی غمت گزید تریاک بخور

من می خورم و عیش کنم نوشم باد

گرتونخوری من چه کنم خاک بخور

四六〇

朋友啊，你我不在时世界仍将永存，
勾掉你我的姓名，再不知何处去寻。
你我未来，世界并无缺憾，
你我走后，对世界也无任何区分。

四六一

一杯酒抵得上百颗虔诚的心，
中华帝国也只抵一口甘醇。
除了红酒大地上还有何物？
为苦酒甘愿舍弃锦绣青春。

四六二

饮吧，伴着娇媚多情的心上人，
忧愁如毒蛇，排毒需畅饮甘醇。
我以饮酒为乐，此道其乐无穷，
你不饮，只好面对悲惨命运。

۴۶۳

در وقت اجل چو کارم آماده کنید
هم بستر خاکم از می ساده کنید
در خاک لحد چو خشت خواهید نهاد
زنهار که آب و گلش ا ز باده کنید

۴۶۴

می خوردن من نه از برای طربست
نز بهر نشاط و ترک دین و ادبست
خواهم که به بیخودی بر آرم نفسی
می خوردن و مست بودنم زین سببست

۴۶۵

این کوی ملامتست و میدان هلاک
وین راه مقامران بازنده ء پاک
مردی باید قلندر و دامن چاک
تا در گذرد عیار وار و بی باک

四六三

当大限到来，把我们葬入坟茔，
要土上洒酒，再把墓穴夯平。
脱坯修筑墓穴时，万请关照，
务请以酒代水，和入泥中。

四六四

我饮酒不是为了作乐寻欢，
也不是为摆脱信仰和礼数的纠缠。
我愿杯酒入喉，长醉不起，
终日昏昏不醒，满足自己的心愿。

四六五

这里是是非之地，生死的赌场，
上场的来客个个输得精光。
到这里应机智敏捷，无所畏惧，
横下一条心，一路向前猛闯。

۴۶۶

گر صحبت لیلی طلبی مجنون شو

و زخویشتن و جمله جهان بیرون شو

در خلوت عاشقان گرت راه دهند

بی دیده درآ و بی زبان بیرون شو

۴۶۷

دانستن راه دین شریعت باشد

ور در عمل آوری طریقت باشد

ور در علم و عمل جمع شود با اخلاص

از بهر رضای حق حقیقت باشد

۴۶۸

رفتن بهوای دل شریعت نبود

بی شرع کسی رود طریقت نبود

هر چیز که نادان ز ریاضت بیند

آن وهم وخیالست حقیقت نبود

四六六

追求蕾莉，你就应成为马杰农，[44]
把一切割舍，不顾利禄前程。
如若情人放你踏上这荒寂道路，
路途上不计利害，无怨无悔前行。

四六七

要通晓信仰之路，得靠教乘，[45]
要想付诸实践，应靠道乘。[46]
想要知与行获得完美统一，
使真主满意，就得靠真乘。[47]

四六八

随心所欲而行不是教乘，
不依教法教规不是道乘。
愚人蠢汉自以为寻得正道，
那是无稽之谈，不是真乘。

۴۶۹

هر یک چندی یکی برآید که منم

با نعمت و با سیم و زر آید که منم

چون کارک او نظام گیرد روزی

ناگه اجل از کمین در آید که منم

۴۷۰

حال من خسته‌ء گدا میدانی

وین درد دل مرا دوا میدانی

با تو چکنم قصّه‌ء درد دل خویش

ناگفته چو جمله حال ما میدانی

۴۷۱

ایزد ببهشت وعده با ما کرد

پس درد و جهان حرام می را کی کرد

حمزه بعرب اشتر شخصی پی کرد

پیغمبر ما حرام می بر وی کرد

四六九

世人不断出生，有一个是我，
积攒了金银，过上幸福生活。
事业刚刚有了一点眉目，
死神便从暗处扑来，扑向了我。

四七〇

我贫如乞丐，潦倒落魄，
你知道什么药能使我解脱。
你深知我的痛苦与不幸，
你知根知底，我何必再说。

四七一

主许诺我们在天堂啜饮甘醇，
什么人说饮酒在两世犯禁？
哈姆泽砍断了骆驼的腿，[48]
先知才不许他执杯畅饮。

۴۷۲

ز ان می که حیات جاودانی است بخور
سرمایهء لذّت جوانی است بخور
سوزنده چو آتش است لیکن غم را
برنده چو آب زندگانی است بخور

۴۷۳

من نامهء زهد و توبه طی خواهم کرد
با موی سفید قصد می خواهم کرد
پیمانهء عمر من بهفتاد رسید
اکنون نکنم نشاط کی خواهم کرد

۴۷۴

اکنون که گل سعادتت بر بار ست
دست تو ز جام می چرا بیکار ست
می خورکه زمانه دشمن غدّار ست
در یافتن روز چنین دشوار است

四七二

饮吧，酒是永恒生命的琼浆，
酒是人间佳品，令人神采飞扬。
酒如烈火，烧尽胸中的悲情，
酒是生命的甘露，荡涤你的愁肠。

四七三

我曾反思忏悔，也曾闭门苦修，
如今转向美酒，因已华发满头。
人生之杯已然渐近七十，
不寻欢作乐，还捱到什么时候。

四七四

如今你的幸福之花正开在枝头，
你为何要停下杯中的美酒？
世道不义，时时与我们作对，
你难得知晓这其中的缘由。

۴۷۵

گویند که فردوس برین خواهد بود
آنجا می ناب و حور عین خواهد بود
گر ما می و معشوق گزیدیم چه باک
چون عاقبت کار همین خواهد بود

۴۷۶

یک نان بدو روز اگر بود حاصل مرد
و ز کوزه شکسته یی دمی آبی سرد
مأمور کم از خودی چرا باید کرد
یا خدمت چون خودی چرا باید کرد

۴۷۷

هر راز که اندر دل دانا باشد
باید که نهفته تر ز عنقا باشد
کاندر صدف از نهفتگی گردد در
آن قطره که راز دل دریا باشد

四七五

人道天堂之上出没天仙，

琼浆玉液，芳香甘甜。

那我恋着美酒情人何罪之有？

到头来天堂不也是如此这般？

四七六

一个人家中若有隔夜之粮，

壶中有水，哪怕壶破水凉。

为什么还要去侍奉不如己者，

为与自己同样的人劳碌奔忙？

四七七

智者心中的每一个秘密，

要像凤凰一样深深藏起。

水珠藏身蚌里才成为珍珠，

这水珠正是大海深藏的隐秘。

۴۷۸

ای باقی محض با فنایی که نیی
هر جای نیی کدام جایی که نیی
ای ذات تو ازجا وجهت مستغنی
آخر تو کجایی و کجایی که نیی

۴۷۹

یارب ز قبول و ز ردم باز رهان
مشغول بخود کن زخودم باز رهان
تا هشیارم نیک و بدی میدانم
مستم کن و از نیک و بدم باز رهان

۴۸۰

ای دل چو زمانه می کند غمناکت
ناگه برود ز تن روان پاکت
برسبزه نشین وخوش بزی روزی چند
زان پیش که سبزه بردمد از خاکت

四七八

你永不消亡，是绝对的存在，
你处处都不在，又无处不在。
居无定处是你的本质，
你究竟何在？你何所不在？

四七九

主啊，请勿关注对我是取是舍，
你尽管好自为之，不要管我。
只要清醒，我就懂得是非善恶，
让我醉去，把是非善恶摆脱。

四八〇

心灵啊，世道逼得你痛苦忧郁，
纯洁的灵魂终会离开躯体。
在草坪上小憩，得几天欢畅，
趁你尸土上尚未长出青草萋萋。

۴۸۱

از دفتر عمر پاک میباید شد
در چنگ اجل هلاک میباید شد
ای ساقی خوش لقا تو خوشدل میباش
آبی در ده که خاک میباید شد

۴۸۲

ای آنکه نتیجهء چهار و هفتی
و ز هفت و چهار دایم اندر تفتی
می خور که هزار بار بیشت گفتم
باز آمدنت نیست چو رفتی رفتی

۴۸۳

ای عارض تو نهاده بر نسرین طرح
روی تو فکنده بر بتان چین طرح
ای غمزهء تو داده شه بابل را
اسب و رخ و پیل و بیدق و فرزین طرح

四八一

人都会被从生死簿上勾销，
人都得死于死神的魔爪。
妩媚的萨吉，权且欢乐吧，
送上酒来，趁未被黄土埋掉。

四八二

朋友，你受制于四大元素七大星辰，
不断在这四与七之中辗转呻吟。
饮一杯吧，我一千次向你忠告，
你走后，再也无法回身。

四八三

美人啊，长春花自愧不如你的模样，
画廊中的中国仕女也羞见你的面庞。
你的明眸一闪，便教会巴比伦国王，
摆兵布阵，调动手下的兵车士相。

۴۸۴

گرد دگری چگونه پرواز کنم

با جزتو چگونه خویش دمساز کنم

یک لحظه سرشک دیده می نگذارد

تا چشم بروی دیگری باز کنم

۴۸۵

با من تو هرآنچه گویی از کین گویی

پیوسته مرا ملحد و بی دین گویی

من خود مقرم بدانچه هستم لیکن

انصاف بده ترا رسد کاین گویی

۴۸۶

بر چرخ فلک هیچ کسی چیر نشد

و ز خوردن آدمی زمین سیر نشد

مغرور بدانی که نخورده است ترا

تعجیل مکن هم بخورد دیر نشد

四八四

我怎能围绕另一支红烛飞舞，
我怎会再为别人而动情？
我眼中的热泪一刻也不允许，
我再窥视别人的面容。

四八五

你对我声声指责，满腔愤恨，
责我信仰不诚，不诵经文。
我承认你说得千真万确，
可凭良心，你可是配说这话的人？

四八六

世上无一人能敌得过天命，
大地永远饥渴地吞噬生灵。
且慢得意说未把你吞掉，
大限一到，对你也绝不容情。

۴۸۷

از مطبخ دنیا تو همه دود خوری

تا چند غمان بود و نابود خوری

سرمایه نخواهی که جوی کم گردد

مایه که خورد چون تو همه سود خوری

۴۸۸

گر باده خوری تو با خردمندان خور

یا با صنمی لاله رخ خندان خور

بسیار مخور و رد مکن فاش مساز

اندک خور وگه گاه خور و پنهان خور

۴۸۹

هر دل که بزیر بار غم پست بود

به ز ان نبود که عاشق و مست بود

گر باده بدست نیست بفرست مرا

ز ان می که پیاله اش کف دست بود

四八七

世界是大厨房，总有烟供你吸，
何必为贫富多寡悲愁叹气。
不要让生命像溪流般干涸，
老本没有了，还吃什么利息。

四八八

要饮就要去找智者贤人，
或找貌美如花含春带笑的美人，
不要过量，不要说破，不要声张，
悄悄地饮，不时去饮，小酌慢饮。

四八九

每一颗被忧愁困扰的心，
最好的解脱就是美酒和情人。
纵然手中无杯，也请给我酒，
我用双手掬着酒，开怀畅饮。

۴۹۰

طاس فلک از عیش دلارای تهیست
آسوده ندانم که در این عالم کیست
ایمن نفسی زمرگ می نتوان زیست
پس فایده زین حیات بی فایده چیست

۴۹۱

دوران حیات ما عجب میگذرد
بر خیز که دوران طلب میگذرد
درجام اجل زباده ریز آب حیات
کزعمرتوروزرفت و شب میگذرد

۴۹۲

این قافلهء عمر عجب میگذرد
در یاب دمی که با طرب میگذرد
ساقی غم فردای حریفان چه خوری
در ده قدح باده که شب میگذرد

四九〇

头上苍穹不让人有片刻舒畅，
不知世上何人活得如意安详？
死神不让人有一刻消停喘息，
此生何益，我们因何活在世上？

四九一

我们的生命在不断逝殇，
借来的生命到时总要清偿。
生命的琼浆注入死亡的杯盏，
你的人生岁月日日夜夜在消亡。

四九二

人生的旅队陆续逶迤前行，
何不在欢乐中度过此生。
萨吉啊，何必为末日郁郁寡欢，
这眼前的一夜也行将告终。

۴۹۳

تا راه قلندری نپویی نشود
رخساره بخون دل نشویی نشود
سودا چه پزی که تا چودلسوختگان
یکباره بترک خود نگویی نشود

۴۹۴

بر خیز مگر داد دل شاد دهیم
مستان صبوح را طرب یاد دهیم
بر نغمهء بلبلان چو گل جامه دریم
پس همچوشکوفه عمر بر باد دهیم

۴۹۵

در فصل بهاربی خبر خواهم بود
وز صحبت عقل برحذرخواهم بود
ای می بحمایت تو خواهم پیوست
وی بید بسایهء تو در خواهم بود

四九三

若不把一切割舍，你将一事无成，
若不以泪洗面，你将一事无成。
不可心存侥幸，你如同情人，
不以身殉情，你将一事无成。

四九四

快起身，让我们的心感到快意，
招来酒友共饮美酒，对坐小叙。
像聆听夜莺歌声的花儿，敞开衣襟，
任生命如散落的花瓣，凋零入泥。

四九五

明媚的阳春令人慵倦神迷，
难得的时光我不愿论学讲理。
美酒啊，我特意起来与你欢聚，
柳荫啊，我前来寻求你的荫庇。

۴۹۶

با خاک جماعتی که یکسان گردند
کی بستهء بند کفر و ایمان گردند
آنها که دراین جهان طرب کم کردند
حقا که در آن جهان پشیمان گردند

۴۹۷

گر بافتهء زلف یار گیری بهتر
و ر بادهء خوشگوار گیری بهتر
ز ان پیش که روزگارگیرد کم تو
گر تو کم روزگار گیری بهتر

۴۹۸

امروز که سوی طربت دست رس است
خوش باش که اندیشهء فردا هوس است
در یاب که با تو خود نخواهد ماندن
آنها که بجا ماندهء بسیار کس است

四九六

所有的人终将会化入土泥，
为何不摆脱渎神与敬神的羁系？
你若在今生欢娱时光甚少，
到彼世定然后悔莫及。

四九七

最美的是把心上人秀发轻揽手中，
最美的是一杯美酒，醉意朦胧。
在这世道把你除名之前，
最好是不为利禄所累奔波不停。

四九八

今天但得欢乐，权且欢乐，
忧虑末日，岂不是把自己折磨。
你岂止是不能在世上长留永驻，
抛下钱财远走的人为数众多。

۴۹۹

غم کیست کزو دو دیده خون باید کرد
یا ز و علم طرب نگون باید کرد
ز آن پیش که فتنه یی پدید آید از او
از مملکت دلش برون باید کرد

۵۰۰

گفتی بمن ای غمت قرار جانم
بر گرد ز من اگر بری فرمانم
اکنون که رخ تو قبلهء جان منست
از قبله چگونه روی بر گردانم

۵۰۱

ابر آمد و عرصهء چمن می شوید
تخت گل و کرسی سمن می شوید
وین دیده بدان طمع که رویت بیند
روزی صد بار روی من می شوید

四九九

你为谁终日以泪洗面，
你为谁终日愁眉不展。
趁他尚未给你带来一场灾难，
应宽心释怀，摆脱他的羁绊。

五〇〇

你说你的心为我而痛苦忧郁，
若听我的话，请把这番心思放弃。
你的面庞就是我朝拜的天房，
朝拜的天房怎么能够背弃。

五〇一

潇潇细雨落入花坛与草坪，
把蔷薇和茉莉的面庞清洗。
我双眼贪看你的容貌，
一天百次洒下洗面的泪雨。

۵۰۲

وقت سحر و باغ و دو سه باده پرست
یک مطرب خوش عارض و بس چابک و مست
بوی گل و بانگ مرغ و یاران سر مست
بخرام که جز تو هر چه میباید هست

۵۰۳

عشقی دارم پاکتر از آب زلال
وین باختن عشق مرا هست حلال
عشق دگران بگردد از حال بحال
عشق من و معشوق مرا نیست زوال

۵۰۴

با فاقه و فقر همقرینم کردی
با درد و فراق همنشینم کردی
این مرتبهء مقرّبان ره تست
یارب بچه خدمت این چنینم کردی

五〇二

清晨，在花园中欢会二三酒友，
座中有微露醉态清音婉转的歌手。
鸟语花香，伴着酩酊大醉的友人，
可惜你缺席，其他应有尽有。

五〇三

我的爱比清水还纯洁澄清，
我为爱献身，本属地义天经。
有人会移情别恋，朝秦暮楚，
我爱心上人地久天长，有始无终。

五〇四

你早已定下我一生贫穷拮据，
你早已定下我一生潦倒孤寂。
这乃是你赐给信徒既定的命运，
主啊，你为什么陷我如此境地？

۵۰۵

دنیا شه را و قیصر و خاقان را
دوزخ بد را بهشت مر نیکان را
تسبیح فرشته را صفا رضوان را
جانان ما را و جان جانان جان را

۵۰۶

از مدرسه ها همه تباهی خیزد
و ز لقمهء وقف دل سیاهی خیزد
در کنج خرابهء گدا وار بزی
بالله که از این مرتبه شاهی خیزد

۵۰۷

مردان بخیل را خداوند جلیل
بر آتش سوزنده بکرده است سبیل
از لفظ در ربار چنین گفت رسول
ترسای سخی به که مسلمان بخیل

五〇五

世界属于恺撒、大汗和国王，

地狱收纳恶人，天堂属于忠良。

天使在温馨宁静的天堂之园颂主，

我们只要情人，心心相印情深意长。

五〇六

学堂里处处可见堕落淫乱，

圣产惹得人见财起意黑心侵贪。

何妨独处一隅，像乞丐一样过活，

真主在上，这种心境才自在安闲。

五〇七

公正的主厌恶贪财的卑微小人，

对他们施以火刑，严加究问。

先知妙言如珠，一语道破，

慷慨的异端胜过吝啬的教徒。

۵۰۸

در مدرسهء عشق اگر قال بود
کی فرق میان قال با حال بود
در عشق نداد هیچ مفتی فتوی
در عشق زبان مفسدان لال بود

۵۰۹

در خانقه و زاویه ها حال بود
در مدرسه قول قیل یا قال بود
از فتوی مفتی چو بود عشق فزون
با خوف وخطر درمه و در سال بود

۵۱۰

تا چند کنی خدمت دونان و خسان
جان برسر هر طعمه منه چون مگسان
نانی بدو روز خور مکش منّت خلق
خون دل خود خوری به ازخوان کسان

五〇八

在爱的殿堂若以空谈为尚，
那与大讲状态有何两样？
关于爱，没有教长做出判词，
论爱，卑琐小人应把嘴闭上。

五〇九

苏菲拜堂中人们神色癫狂，
学堂里一片混乱，高声吵嚷。
教长的判词中没有爱的论述，
他们经年累月恐惧惊慌。

五一〇

你何时才不为悭吝小人效忠？
切莫如苍蝇竞血，枉送了性命。
有隔夜之粮就不要向人伸手，
宁吞噬自己的心也不乞人的饼。

۵۱۱

در مدرسه قال و خانقه حال بود
وین عشق برون زقال و احوال بود
گرمفتی شرع است و گر واعظ شهر
در محکمهء عشق زبان لال بود

۵۱۲

دوش از سر اشتیاق و شور و مستی
بر رفت دلم بعرش کانجا هستی
عرشی دیدم بناله می گفت آخر
حق با تو و تهمتی بما در بستی

۵۱۳

دوش آمد و گفت اگر تو ما می طلبی
پس هر چه نه آن منم چرا می طلبی
در خود نگر ارز خود برون آمده یی
پس من تو و تو من تو ترا می طلبی

五一一

在学堂学习的言语，在拜堂里的修行，
两者都无法把爱的真义阐明。
任你是教长，还是城里的布道者，
在爱的殿堂都只能默不作声。

五一二

昨夜，我醉酒恍惚，心潮奔涌，
我的心登上你高高的天庭。
见一个天使向我凄凄倾诉，
你说得对，我们心中充满苦痛。

五一三

昨夜他来对我说：你是在求我？
我无处不在，何必到处寻觅追索？
当你超越自身，就自然懂得，
求就求自己，我就是你，你就是我。

۵۱۴

سرّیست برون زین همه اسرارکه هست
نوریست جدا ز ین همه انوار که هست
خرسند مشو بهیچ کاری که ترا
کاریست و رای این همه کار که هست

۵۱۵

دل گفت که ما چو قطرهء مسکینیم
در عمر کجا کنار دریا بینیم
آن قطره که این گفت چو در دریا رفت
فریاد بر آورد که ما خود اینیم

۵۱۶

تا چشم دلم بنور حق بینا گشت
در دیدهء او دو کون نا پیدا گشت
گویی که دلم ز شوق آ ن بحرعظیم
از تن بعرق برون شد و دریا گشت

五一四

千万奥秘后面另有一番奥秘，

五光十色背后另有一番光怪陆离。

对眼前的一切切不要沾沾自喜，

玄机背后还潜伏着另一番玄机。

五一五

心灵自语：我是卑微的水滴，

一生一世也无缘汇入海里。

它正说着此话居然汇入大海，

不禁惊呼：原来大海就是自己。

五一六

当主的圣光进入我的心底，

此世彼世都全然销声匿迹。

我的心感受到大海般的厚爱，

它突然飞离了我的躯体，汇入海里。

۵۱۷

امروز چو من شیفته و مجنون کیست
بر خاک فتاده با دل پر خون کیست
این خود نه منم خدای میداند و بس
تا آنگاهی که بودم و اکنون کیست

۵۱۸

ای دل همگی خویش در جانان باز
هر چیز که آن خوشترت آید آن باز
در ششدر عشق چون زنان حیله مجوی
مردانه در آی و همچو مردان جان باز

۵۱۹

مرد آن باشد که هر زمان پاکترست
در باختن وجود   بی باکترست
مردی که در این طریق چالاکترست
هر چند که پاکتر شود خاکترست

五一七

如今有谁似我，像马杰农一样癫狂，

时时匍匐在地，心中充满忧伤。

真主明鉴，我的心怅然若失，

我过去现在是何许人，心中一片迷茫。

五一八

心啊，你要把一切献给情人，

拿最宝贵的，赢得她的芳心。

在爱的游戏里莫作妇人状，

一身男人气，像男人般献身。

五一九

真正的人从来都心地清纯，

无私无畏地献出自己身心。

为人若像一个轻浮浪子，

无论如何都是个卑劣小人。

۵۲۰

ای روح تویی بعقل موصوف آخر
عارف شو و ره طلب بمعروف آخر
چون باز سپید دست سلطانی تو
ویرانه چه میکنی تو چون بوف آخر

۵۲۱

ای مرغ عجب ستارگان چینهء تست
در روز الست عهد دیرینهء تست
گر جام جهان نمای می جویی تو
در صندوقی نهاده در سینهء تست

۵۲۲

ای روح در این عالم غربت چونی
بی آن همه جایگاه و رتبت چونی
سلطان جهان قدس بودی و امروز
از محنت نفس شوم صحبت چونی

五二〇

灵魂啊，你有天赋的性灵，

你应安心自守，潜心修行。

你本是王者掌上的雄鹰，

为什么肆意捣乱像只猫头鹰？

五二一

神鸟啊，你的食物是天上群星万点，

原始之初，你就许下永恒的诺言。

你若想寻觅映出世象的神杯，

这杯不在别处，就在你的胸膛里面。

五二二

灵魂啊，你因何抛弃崇高的殿堂，

屈身来到这荒凉冷僻之乡？

你尊为神圣之境的王者，

为什么叹命运不济，怨尤悲伤？

۵۲۳

گر جان گویم عاشق آن دیدار ست

ور دل گویم والهء آن گفتار ست

جان و دل من پر گهر اسرار ست

لیکن چه کنم که بر زبان مسمارست

۵۲۴

یک عاشق پاک و یک دل زنده کجا ست

یک سوخته جان دل پراکنده کجا ست

چون بندهء اندیشهء خویشند همه

در روی زمین خدای را بنده کجا ست

۵۲۵

کو دل که بداند نفسی اسرارش

کو گوش که بشنود دمی گفتارش

آن ماه جمال می نماید شب و ر وز

کو دیده که بر خورد از دیدارش

五二三

论生命，我的生命渴望它的真谛，
论心灵，我的心灵渴望它的奥秘。
我的生命和心灵洞悉了隐情，
但嘴被钉牢，双唇无法开启。

五二四

到何处去寻纯洁一心的情人？
到何处去寻激情似火的真心？
人人都是私欲的奴仆，
普天之下主的奴仆到何处去寻？

五二五

哪颗心能悟到他的奥秘？
谁的耳能听到他的言语？
那皎洁的月光尽夜映照，
谁的眼睛能看到他的姿容身体？

۵۲۶

دنیا چه کنی که بی وفا خواهد بود
در خون همه خلق خدا خواهد بود
گیرم که بقای نوح یابی در وی
آخر نه بعاقبت فنا خواهد بود

۵۲۷

گه خسته‌ء لن ترانیم موسی وار
گه کشته‌ء نامرادیم یحیی وار
هر لحظه بسوزنی برای دل خویش
در رشته کشم غمی دگر عیسی وار

۵۲۸

تا بر ره خلق می‌نشینی ای دل
در خرمن شرک خوشه چینی ای دل
گر صبر کنی گوشه گزینی ای دل
بینی که درآن گوشه چه بینی ای دل

五二六

人世对人如此寡义薄情，
把主的臣民淹没在血泊之中。
纵使你能乘上努哈之舟，
最终不仍是把生命断送。

五二七

有时我像穆萨，一生苦难重重，
有时又像叶海亚年轻时断送生命。[49]
我的心时时被痛苦之火烧灼，
我的命如同尔撒，灾难深重。

五二八

心啊，你若在人行路上观察世态，
从无神论者的禾垛上拾取一束禾麦。
你得心平气和地静处一隅，
看什么景象在你眼前呈现出来。

۵۲۹

ای مرد رونده مرد بیچاره مباش
از خویش مرو برون وآواره مباش
در باطن خویش کن سفر چون مردان
اهل نظری تو اهل نظّاره مباش

۵۳۰

در عشق تو هردلی که مردانه بود
در سوختن خویش چو پروانه بود
تا کی ز بهانه همچو پروانه بسوز
در عشق بهانه جستن افسانه بود

۵۳۱

آنرا که کلید مشکلی می باید
از عمر دراز حاصلی می باید
برتر ز دو کون منزلی می باید
ای مرده دلان زنده دلی می باید

五二九

信士啊，你可不要放弃修炼，
不要彷徨歧路，要慎行谨言。
要关注内心虔诚，谨守拜功，
你是明智之人，切勿冷眼旁观。

五三〇

为爱，无怨无悔的诚心为你奉献，
似一只飞蛾扑向蜡烛的火焰。
甘愿粉身碎骨，决不口出怨言，
口出怨言岂能称作是为爱奉献。

五三一

寻找钥匙，破解难题，
漫长的生涯应有收益。
应在两世之外另寻佳境，
让死去的心重获生机。

۵۳۲

گر جان تو در پردهء دین خواهد بود
با دوست بهم پرده نشین خواهد بود
آن دم که نه در حضور او خواهی زد
فردا همه داغ آتشین خواهد بود

۵۳۳

ای بیژن دل در چه زندان غمت
سهراب خرد کشته بایوان غمت
بر کین سیاوش جهان کرد خراب
توران دلم رستم دستان غمت

۵۳۴

عید آمد و کارها نکو خواهد کرد
ساقی می لعل در سبو خواهد کرد
افسار نماز و پوزه بند روزه
عید ازسراین خران فرو خواهد کرد

五三二

你若许身圣教的教规教义，

在幕中与挚友相伴相依。

若有一丝呼吸背离挚友，

到末日你会后悔莫及。

五三三

勇敢的比让身羁牢狱令你痛苦，[50]

聪明的苏赫拉布命丧廊下令你痛苦。[51]

为夏沃什复仇闹得天翻地覆，[52]

我的心如土兰，鲁斯塔姆是你的痛苦。[53]

五三四

节日来临，万象更新如意吉祥，

萨吉，请在罐中灌满酒浆。

祈祷斋戒犹如束缚驴子的笼头，

欢庆佳节把它们抛到一旁。

۵۳۵

در میکده جز بمی وضو نتوان کرد
و آن نام که زشت شد نکو نتوان کرد
خوش باش که این پردهء مستوری ما
بدریده چنان شد که رفو نتوان کرد

۵۳۶

آنانکه اساس کار بر زرق نهند
آیند و میان جان و تن فرق نهند
من ترک می لعل نخواهم گفتن
گر همچو خروسم ارّه بر فرق نهند

۵۳۷

آن قوم که سجّاده پرستند خرند
زیرا که بزیر بار سالوس درند
وین از همه طرفه ترکه در پردهء زهد
اسلام فروشند و ز کافر بترند

五三五

到了酒肆应当用酒小净，
丑名在外，已洗刷不清。
开怀畅饮吧，撕破这层遮羞布，
让它无法再补也无法再缝。

五三六

有些人行事根本意在欺骗，
讲灵魂与躯体之别出口成篇。
我决不会说以后我要戒酒，
任刀锯加顶，把头锯成鸡冠。

五三七

有人时时跪倒在拜垫，
其实是蠢驴一群，诡诈伪善。
在伪装之下出卖信仰，
还不如一个异端。

۵۳۸

ماه رمضان چنانکه امسال آمد
بر پای خرد بند گران حال آمد
ای بار خدای خلق را غافل ساز
تا پندارند ماه شوّال آمد

۵۳۹

طبعم بنماز و روزه چون مایل شد
گفتم که مراد کلّیم حاصل شد
افسوس که آن وضو بگوزی بشکست
و ین روزه به نیم جرعه می باطل شد

۵۴۰

تا جان من از کالبدم گردد فرد
هر چیز که بهتر ست آن خواهم کرد
صد تیز بریشش که ملامت کندم
هر زن جلبی را غم خود باید خورد

五三八

马上又是拉玛赞月，

理智又要被加上沉重的枷锁。

就说来到的不是斋月是十月吧，

让创世主也产生错觉。

五三九

自从我有意守斋与祈祷，

自忖一切心愿都会达到。

可惜放个屁破坏了小净，

半杯酒把已有的功德全抛。

五四〇

当我的灵魂飞离躯体，

我就自得其乐，过得称心如意。

谴责我的人会颜面扫地，

妓女只能怨她自己命运不济。

۵۴۱

مشنو سخن دهر هم آواز شده
می خواه و سماع و یار دمساز شده
کان کز کس مادر بدر افتاد امروز
فردا بینی بکون زن باز شده

۵۴۲

من در رمضان روزه اگر میخوردم
تا ظن نبری که بیخبر میخوردم
از محنت روزه روز من چون شب بود
پنداشته بودم که سحر میخوردم

۵۴۳

ابریق می مرا شکستی ربّی
بر من در عیش را ببستی ربّی
بر خاک بریختی می لعل مرا
خاکم بدهن مگر تو مستی ربّی

五四一

不要听信当道者的胡言乱语，
且伴着美酒清歌和红颜知己。
一个人今天刚出了娘胎，
明天再看，他又回到了母体。[54]

五四二

封斋的日子我仍然照常进食，
别以为我破戒，愚昧无知。
守斋的日子对我暗如黑夜，
进食是因为我以为拂晓已至。

五四三

主啊，你打破了我的酒壶，
你断绝了我的享乐之路。
把我红色的酒浆泼洒在地，
恕我无礼，难道你也醉得一塌糊涂？

۵۴۴

رندی دیدم نشسته بر خنگ زمین
نه کفر و نه اسلام و نه دنیا و نه دین
نه حق نه حقیقت نه شریعت نه یقین
اندر دوجهان که را بود زهرهء این

۵۴۵

چندین غم بیهوده مخور شاد بزی
و اندر ره بیداد تو با داد بزی
چون آخرکاراین جهان نیستی است
انگار که نیستی و آزاد بزی

۵۴۶

ای چرخ همه خسیس را چیز دهی
گرمابه و آسیا و دهلیز دهی
آزاده بنان شب گروگان بنهد
شاید که براین چنین فلک تیز دهی

五四四

我见一酒徒坐在空地上，

不属异教不是信徒，淡薄利禄信仰。

不信主认主，不遵教法，也不惧来日，

两世之中，哪个人有这份胆量？

五四五

你何必如此忧伤，应该快活舒畅，

世道不公，你自可公正善良。

到头来世上一切都化为乌有，

只要你过得从容，那又有何妨？

五四六

世道啊，你为何对守财奴如此慷慨，

让他享受浴池磨房府第楼台？

而正直的人却被迫赊买晚餐大饼，

什么世界啊，完全是颠倒黑白。

۵۴۷

ما را گویند دوزخ افراشته اند
و انگه ز گناه تو بر انباشته اند
که رفت بدوزخ که گناه من دید
ورنه چه بهرزه خود براین داشته اند

۵۴۸

اندر همه دشت خاوران سنگی نیست
کش با من و روزگار من جنگی نیست
در هیچ زمین و هیچ فرسنگی نیست
کز دست غمت نشسته دلتنگی نیست

۵۴۹

خوش باش که عالم گذران خواهد بود
جان در پی تن نعره زنان خواهد بود
این کاسهء سرها که تو بینی فردا
زیر لگد کوزه گران خواهد بود

五四七

有人对我说：地狱已扩建增容，
因它已容纳不下你的桩桩罪行。
谁到过地狱，看过我的罪案？
没人去过，岂不是胡说一通。

五四八

整个东方大地找不到一块石头，
不给我带来厄运，不与我作对为仇。
普天之下找不到方寸之地，
没有人不因你而愁锁心头。

五四九

权且欢乐吧，人生不过片刻，
生命因躯体需求而损耗消磨。
你且看这一个又一个人的头骨，
明朝将在陶工脚下备受折磨。

۵۵۰

کس مشکل اسرار ازل را نگشاد
کس یک قدم از نهاد بیرون ننهاد
چون بنگری از مبتدی و از استاد
عجز است بدست هر که ازمادر زاد

۵۵۱

بر موجب عقل زندگانی کردن
شاید کردن ولی ندانی کردن
استاد تو روزگار چابک دستست
چندان بسرت زند که دانی کردن

۵۵۲

با مردم پاک اصل و عاقل آمیز
و ز نا اهلان هزار فرسنگ گریز
گر زهر دهد ترا خردمند بنوش
ور نوش رسد زدست نا اهل بریز

五五〇

无人能破解永恒之秘，
无人能逃过既定之理。
长者和导师会开导你：
凡生于娘胎的都无能为力。

五五一

你想凭借智慧度过一生，
或许平安康乐，但你目标不明，
悠悠岁月是你的生活导师，
当头一棒，教你如何度过一生。

五五二

应选正派明智之人交游为友，
遇到卑鄙小人应远远避走。
明智的人给的毒药可放心服用，
卑鄙小人的蜜糖万勿入口。

۵۵۳

چون د ر گذرم بباده شویید مرا
تلقین ز شراب و جام گویید مرا
خواهید بروز حشر یابید مرا
از خاک در میکده جویید مرا

۵۵۴

یک یک هنرم ببین گنه ده ده بخش
هر جرم که رفت حسبة للّٰه بخش
از باد هوا آتش قهرت مفروز
ما را بسر خاک رسول ا للّٰه بخش

五五三

我死后，请用酒为我净身，
手捧美酒为我诵读经文。
总清算那天想要找我，
就到酒肆的地下土中去寻。

五五四

请宽赦我罪孽深重，看到我点滴长处，
凡是我犯的罪行尽请真主饶恕。
不要鼓动狂风，煽起愤怒的烈火，
先知在上，万请把我们宽恕。⁵⁵

دارنده چو ترکیب طبایع آراست

از بهرچه او فکندش اندر کم و کاست

گر نیک آمد شکستن از بهرچه بود

ور نیک نیامد این صور عیب کراست

ای دوست حقیقت شنو از من سخنی

با باده لعل باش و با سیم تنی

کانکس که جهان کرد فراغت دارد

از سبلت چون تویی و ریش چو منی.

增　补

以下为《乐园》本未收录的，经伏鲁基考信的奥玛·海亚姆鲁拜，共11首。

不晓得造物主创造了人，

为何把他造得缺憾满身？

说造得好，为什么一朝虐杀，

说造得不好，错在何人？

朋友啊，请听我一句忠言，

高举红酒与如花似玉的美人倾谈。

那创世的主宰非常旷达，

才不管你我的胡子是长是短。

گیرم که باسرار معما نرسی

در شیوهء عاقلان همانا نرسی

از سبزه و می خیز بهشتی برساز

کانجا ببهشت یا رسی یا نرسی

آنرا که بصحرای علل تاخته اند

بی او همه کارها بپرداخته اند

امروز بهانه ء در انداخته اند

فردا همه آن بود که در ساخته اند

گر چه غم و رنج من درازی دارد

عیش و طرب تو سر فرازی دارد

بردهر مکن تکیه که دوران فلک

در پرده هزار گونه بازی دارد

既然你无法破解这亘古大谜，
也无从知晓智者破译的天机，
何不以美酒绿茵创造一个天堂，
那彼世的天堂可去可不去。

有人苦苦寻觅，想探求事物究竟，
不知纷纭的世事自然而然发生。
今天似乎找到了一事的根由，
明天看时，原来也是早经注定。

我长年排解不开烦恼与忧愁，
你却幸福欢乐，养尊处优。
这二者都不足凭信，无常的天命，
把千百条诡计深藏在幕后。

بر پشت من از زمانه تو میاید

و ز من همه کار نا نیکو میاید

جان عزم رحیل کرد و گفتم بمرد

گفتا چکنم خانه   فرو میاید

گر شاخ بقا ز بیخ بختت رستست

و ر بر تن تو عمر لباسی چستست

در خیمه تن   که سایه بانیست ترا

هان تکیه مکن که چار میخش سستست

ازکوزه گری کوزه خریدم باری

آن کوزه سخن گفت ز هر اسراری

شاهی بودم که جام زرینم بود

اکنون شده ام کوزه ای هر خماری

厄运突然从背后对我攻击，
从此我诸事都不顺利。
生命即将告终，我说：到头了。
他答：房子就要倒塌，我无能为力。

即使你命运之根生出长寿枝条，
即使长寿衣衫作你的罩袍，
你也不能长生不老，你身躯像帐篷，
它的四个角钉已经微微动摇。

一天，我找陶工买了一个陶壶，
陶壶居然开口把秘密吐露：
我曾贵为君王，手中高擎金杯，
如今化作酒徒手中的酒壶。

حیی که بقدرت سر و رو میسازد

همواره همه کار عدو می سازد

گویند قرابه گر مسلمان نبود

او را تو چه گویی کد و میسازد

از رنج کشیدن آدمی حر گردد

قطره چو کشد حبس صدف درّ گردد

گر مال نماند سر بماند بجای

پیمانه چو شد تهی دگر پر گردد

ای دهر بظلمهای خود معترفی

در خانقه جور و ستم معتکفی

نعمت بخسان دهی و نقمت بکسان

زین هر دو برون نیست خری یا خرفی

他以神力创造了人的躯身颜面，
但又事事把恶人照顾成全。
若说酒罐有违穆斯林之道，
酒不也盛在他创造的葫芦里面？

含辛茹苦使人品格纯洁高尚，
珍珠玉润晶莹因水珠在蚌中封藏。
虽一文不名但头颅依然完好，
今朝杯中无酒，明日醉饮千觞。

老天啊，可知你对世人暴虐乖戾，
你横行无忌，把世人欺凌催逼。
你让悭吝者富有，让正直人忧伤，
你不是笨伯定然是一头蠢驴。

注　释

1. 把珍珠钻孔意为真正了解一个事物。

2. 耶兹德，对真主（安拉）的波斯语称谓。

3. 贾姆希德（贾姆）是伊朗古代国王。传说他有一个神杯，倒上酒可以看见世界任何地方的景象。

4. 巴赫拉姆是传说中的伊朗古代国王。

5. 图斯为古城名，在霍拉桑地区。

6. 卡乌斯是伊朗古代传说中的凯扬王朝的国王。

7. 咕，咕，波斯语kū kū的译音。此处用语双关。kū在波斯语中有"何处"的意思。全诗意为："宫殿废毁，帝王安在？"

8. 阿姆河是中亚水量最大的内陆河。

9. 巴尔赫是伊朗古代霍拉桑地区四大重镇之一，地处今阿富汗北方。

10. 四大元素：水，土，风，火。

11. 法里东和胡斯鲁都是传说中的伊朗古代国王。

12. 鲁斯塔姆是伊朗古代传说中的英雄。

13. 哈丁台是传说中的阿拉伯巨富，慷慨好施。

14. 海扎尔和阿里亚斯都是伊斯兰传说中的先知。

15. 穆萨，《古兰经》中的先知。穆萨与《圣经》中的摩西实际上说的是同一人。

16. 尔撒，《古兰经》中的先知。尔撒与《圣经》中的耶稣实际上说的是同一人。

17. 哥巴德是伊朗古代传说中的凯扬王朝的国王。

18. 塔拉兹地处欧亚大陆的中心位置，是沙漠和雪山的交汇点。

19. 帕尔维兹是伊朗萨珊王朝的国王。

20. 萨吉是伊朗古代宴饮时的司酒人，一般是美女，有时也可能是童子。

21. 拉玛赞月（希吉来历9月）是斋月，信徒白天不进食。

22. 盖达尔夜即斋月（希吉来历9月）27日晚。据说这夜祈祷许愿容易得到主的恩惠。

23. 麦尔彦，《古兰经》中处女生子的人物。麦尔彦与《圣经》中的圣母玛利亚实际上说的是同一人。

24. 阿布赛义德和阿德哈姆是古代伊朗分别生活在公元10世纪以及8世纪的苏菲派长老。

25. 玛赫穆德是伽色尼王朝的著名国王。

26. 达乌德是《古兰经》中提到的先知之一，是一个能使群山和鸟群听命的国王，有动人的歌喉。

27. 以土坯敲击大海指做徒劳无功的事情。

28. 穆护为伊朗古代琐罗亚斯德教教职人员。

29. 四指四大元素，五指人的五感，六指上下前后左右六个方向，七指七大星辰。

30. 雅辛，见《古兰经》第三十六章。白拉提夜是希吉来历8月15日的夜晚，即安拉的赦免之夜。

31. 努哈，《古兰经》中的先知。努哈与《圣经》中的诺亚实际上说的是同一人。所谓努哈之舟跟诺亚方舟说的是同一条船。

32. 曼是伊朗古代重量单位，随时间地点不同，其折算标准不一。以古雷耶地区（今德黑兰地区）为例，一曼等于12千克。

33. 图斯是卡乌斯时期的勇士。

34. 塔勒维哈：间隔拜。斋月里夜晚的一种礼拜模式。

35. 七十二国的纠纷是伊朗古代的一种说法，泛指各国的各种纠纷。

36. 在阿拉伯哈里发统治时期，异教徒要系一根腰带，以示区别。

37. 库萨尔据说是天堂里的一条小河。

38. 七指七大星辰，四指四大元素。

39. 这里的鱼指大地。参见注释42。"从鱼到月"的意思是"从地到天"。

40. 沙尔邦月，希吉来历8月。

41. 帕尔温是昴星团，位于金牛星座。

42. 根据伊朗传说，世界是由一头牛的角顶着，这头牛又是骑在一条鱼的背上。

43. 苏菲，伊斯兰教内的神秘主义派别。

44. 蕾莉与马杰农，阿拉伯古代爱情故事的主人公。这个故事与中国的《梁山伯与祝英台》相似。

45. 教乘，阿拉伯语sharī'a的意译。

46. 道乘，是阿拉伯语Ṭarīqat的意译。

47. 真乘，是阿拉伯语Ḥaqīqa的意译。教乘、道乘、真乘合称“三乘”。它是苏非派的概念，指神秘主义者修行的三个途径或阶段，系佛教名词“乘”（梵语yana）的借用。不赘。

48. 哈姆泽典故不详。诗句字面意思是说，因为哈姆泽斩断了阿拉伯人骆驼的腿，先知才不允许哈姆泽持着酒杯的腿（杯柱）喝酒。待探研。

49. 叶海亚，《古兰经》中的先知。叶海亚与《圣经》中的约翰实际上说的是同一人。

50. 比让是《列王纪》故事中的勇士。他受战友陷害，被俘囚于地牢（深井）中，后来被鲁斯塔姆救出。

51. 苏赫拉布是《列王纪》故事中著名的悲剧人物。苏赫拉布是鲁斯塔姆未曾见面的儿子。鲁斯塔姆在战斗中杀死苏赫拉布后，才从死者佩戴的信物上认出自己的儿子。

52. 夏沃什是《列王纪》故事中著名的悲剧人物。夏沃什是卡乌斯王（参见注6）的儿子，由鲁斯塔姆抚养长大。夏沃什遭人陷害后被捕斩首，鲁斯塔姆为他复仇，杀死众多仇敌，血洗土兰国。

传说夏沃什被斩首后，血泊里开出了红色的花。伊朗的一种红色野花即以夏沃什为名。

53. 土兰是《列王纪》故事中的国名（阿姆河以北之地）。鲁斯塔姆年轻时，狩猎进入土兰国，与萨玛冈的公主结婚生下苏赫拉布。具体故事非常复杂，参见《列王纪》。从四句诗的连续用典来看，这首鲁拜是诗人感慨于《列王纪》故事而创作的作品。在这首诗里，强雄的武者鲁斯塔姆所比喻的是我们生存的世界：成败荣辱，喜怒悲欢，都由这滚滚的浮世洪流裹挟而来，又奔腾远走。人生逆旅，不能改移，无法逃避。这首诗的哲学情绪，可以与柏格森（Henri Bergson）的《时间与自由意志》（*Time and Free Will*）相印证。

54. 末句里的母体指大地。

55. 这一首鲁拜是《乐园》本的最后一首。它不是海亚姆的作品，而是集抄者为诗集可能产生的宗教问题添加上去的免责声明。

版本序号对照表

◎ ："1207抄本"序号 *
○ ：《乐园》本序号

◎	○	◎	○	◎	○	◎	○	◎	○
1	160	29	105	57	132	85	226	113	152**
2		30	187	58	156	86	214	114	268
3	43	31		59	243	87	5	115	13
4	362	32	190	60	133	88	543	116	382
5	21	33	56**	61	79	89	112	117	
6		34	58	62		90	7	118	72
7	65	35	32	63	347	91	161	119	
8	34	36	30	64	492	92	284	120	119**
9	180	37	142	65	179	93	266	121	125
10	31	38	167	66	346	94	387	122	317
11		39		67	330	95	1**	123	4
12	157	40	144	68	175	96	35	124	406
13		41	374	69	357	97	309	125	82
14	145	42	127	70	279	98	138	126	212**
15	248	43	68	71	239	99	427**	127	
16	141	44	472	72	313	100	231	128	
17	104	45	177	73	63	101	536	129	39
18	183	46	222	74	97	102	215**	130	
19	546	47	245	75	323	103	184	131	
20	359	48	51	76		104		132	484
21	86	49	488	77		105	108	133	193
22	149	50	299	78	441**	106	225	134	358
23	89	51	114	79	59	107	276	135	182
24	286	52		80		108	311	136	74**
25		53		81	249	109	81	137	99**
26	38	54	15	82	189	110	253	138	205
27	131	55	52	83	303	111	224	139	40
28	196	56	117	84		112	208	140	101

◎	○	◎	○	◎	○	◎	○	◎	○
141	217	165	343	189	159 / 378	213	152	237	147
142	45	166	111	190	100	214		238	324
143	294	167	92	191	166	215	136	239	107
144		168	134	192	121	216	176	240	348
145	116	169	430**	193	95	217		241	370
146		170	218	194	338	218	77	242	233
147	414	171	553	195	429**	219		243	223
148	73	172	396	196	102	220	236	244	219
149	181**	173	29	197	461	221	480***	245	192
150		174	62	198	124	222	423**	246	6
151	24	175	260	199	456	223	364	247	439
152	291	176	37	200	113	224	485	248	384
153	78	177	122	201	186	225	435	249	207
154		178	375	202	331	226	293	250	139
155	129	179	76	203		227	137	251	91
156		180	198	204	155	228	47	252	9
157		181	270**	205	280	229	163		
158	87	182	115	206	53	230	250		
159	2	183	305	207	60	231	322		
160	475	184		208	75	232			
161	126	185	153**	209	118	233	247		
162	98	186	61	210	48	234	288		
163	381	187	130	211	220	235	19**		
164	33	188		212	8	236	337		

* "1207抄本"是海亚姆《鲁拜集》所谓的"最早的抄本",共收录鲁拜252首,今存剑桥大学图书馆。它是一个珍贵的早期抄本,但是它上面标记的抄写年份(1207年)并不可靠。在这里我们对写本的年代并不做过多探讨。从俗简称之为"1207抄本",也并不等同于我们对1207这个数字的认定。

** 文字略有差异。

***仅最后一句相同。

翻译后记

迄今收诗数量最多的波斯诗人奥玛·海亚姆《鲁拜集》全新汉译本，在刘乐园先生主持下顺利出版，我非常高兴。《鲁拜集》是波斯经典诗作，在伊朗文学乃至世界文学史上都享有盛名。我的学长张鸿年先生，执意在这个汉译本上也署上我的名字，却令我不安。

早在 20 世纪 80 年代末，我应邀在解放军洛阳外国语学院讲授翻译课程时，就曾向张先生索要《鲁拜集》译文。其时译作尚未付梓，他将译稿全部寄给我，我得先睹为快。我通览了全书，除少量按我的理解稍作更动，其余全部照抄下来，这使我受益不小。

不久后的 1991 年，该译稿以《波斯哲理诗》为名由文津出版社出版。我再次细读，又有收获。此后张先生的《鲁拜集》译文增加了若干篇幅，2001 年由台湾木马文化事业有限公司和湖南文艺出版社以《鲁拜集》为名出了新版。每次新版译文都有改进，我读罢深受其益。

张先生这次重译，以《乐园》本（1462 年抄本）为底本，命我参与其事。我曾对张先生表示，让我再参与实无必要。毕竟张先生对《鲁拜集》中相当的篇幅已了然于心，而且张先生对《鲁拜集》相关的问题也有深入研究，前几版未译的波斯语鲁拜大约有二百首，在张先生命我参与前，他其实也已经完成了译文初稿。张先生对我说，多一个人译，多一个思路。这话我当然是认同的。另一方面，这个翻译工作对我来说，也的确是一次宝贵的再学习的机会。

我与张鸿年先生相识，已逾一甲子。因为上学时院系设置的历史原因，虽然当年张鸿年先生和我们的专业方向是波斯语，在北京大学时却都是从俄语专业毕业的。我素来喜欢诗体文学，张鸿年先生也是。俄国对伊朗古代文学素有研究，这是研读波斯文学可依赖、借鉴的极好条件。张鸿年先生对俄国的波斯文学研究有很深的了解，我却不然。或许正是基于此，先生一直把我当成"统战对象"。20世纪70年代，他主持北京大学出版的《世界文学》东方文学特刊，我平生第一次被约稿，两篇译作有幸被采用，约稿人正是张鸿年先生。80年代，先生为《列王纪选》出版做准备，约我参与翻译工作。如此一部辉煌巨著，翻译工作量和难度都很大，我自知学力有所不足，又马上要去德黑兰大学访学，时间上不够充裕，没有答应。到20世纪末，先生计划出版大型丛书《波斯经典文库》，商量书目时，我力主将《列王纪》全书列入。先生斩钉截铁地说："除非你参与。"我被"逼上梁山"，遂着手与张鸿年先生合作翻译《列王纪》。文库出版后，先生知道《玛斯纳维》作者鲁米的另一诗作正风靡美国，即购得两套四大卷原文，并意气风发约我合译。可惜的是，由于某些原因，此译事后来作罢。每当我在书架上看见这部静置的巨著上沉积的灰土，总在想，如果先生还在，会不会旧念重燃？如果天假以年，先生会不会动心翻译伊朗另一诗歌巨著五卷诗？我总想着，想着……然而，无情的事实是：先生溘然长逝两年了。

若不是张鸿年先生推动、提携和督促，在我步入退休年龄之后，我大概也不会太多涉足伊朗古代文学。二十余年来我所做的翻译、研究工作的积累，都不可能与张鸿年先生的推重分开。人生得一知己足矣，我与先生的友情差可以此言言之。张鸿年先生对我长期的信任，对我无私的帮助，形成了我与先生之间非常罕见的合作模式。这尤其反映在《乐园》本《鲁拜集》的翻译上。按张鸿年先生的意见，我提供一个与他的译稿平行的独立译本，彼此都不受对方译文的影响，然后交换阅读译稿。交换译稿自然会发现彼此在理解或表达上不相合的地方，然后以此作为重点进行讨论。翻译过程中，我对不少篇章又有了新的或更深入的认识。有些诗篇，我翻译时顺势而下，译后不觉有何不妥，甚至窃自欣赏。待参阅张先生译文后，却发现某词某句与张先生歧异。张先生的译文，对我来说是点拨，豁然开朗或别开洞天，常常让我得以沿着新的思路审视自己的译文，再重新推敲修改。我将自己完成的译文交给张先生，全权由他做甄选裁度。平时我总是把张鸿年先生称作我的学长，但是学术上我一直把先生看作我的师长。张鸿年先生毕生致力于教授波斯语言，研究和翻译波斯语文学著作。在合作翻译的工作中，每当我们的见解出现不同，我总以当仁不让于师的古训要求自己，并不轻易俯就。同时，我也从未见先生对自己的译文表现出特别的"偏爱"，我们力避"敝帚自珍"的恶习，提高译文的质量才是我们的关注之所在是求。对我而言，每个词语的重新推敲改定，对我都是一次提高。某些诗，在文字润色、诗行裁剪、韵脚设计、句式构架上，贡献了我的千虑之一得，虽属小补，我也是高兴的。

我以为，这个版本是张先生多个《鲁拜集》译本中着力最大的一个。经常是我以为某一首诗的译文没什么疑点了，张先生却打电话来，或是在细微处提出疑问，或是与我商榷，或是提醒我注意某问题。先生以耄耋之年，多病之身，许多时候是强撑病体进行翻译、校阅、资料排查、电脑录入等工作。在经历了春耘夏耕之后，本应该怀着辛苦后收获的喜悦秋收冬藏时，他却执意要我共同署名，与他平分秋色。

法国作家蒙田在他的《随笔集》中，专有一章《论荣誉不可分享》。文中说："在与人交往中，别的所有都无足轻重。出于朋友的需要，我们能够拿出财产和生命；不过，假如与他人分享荣誉时，能够把荣耀让给他人，这样的行为就不多了。"秋景宜人，能就近观赏本就已经十分惬意了。让我去秋色平分，我心中不安。在署名问题上，我实在不敢掠美，但我十分感谢先生的高义。

这部联合署名的《乐园》本《鲁拜集》，是我与先生合作译诗的最后一部。在平装版本出版之后，刘乐园先生嘱我又做了一次逐字审校。审校过程中，重遇那些疑难诗句，总是不由得忆起当时向先生请益，共同商榷的场景。得益于先生一语破的之功的过往，尤历历在目，而如今人天已远，倍感无助，不胜凄情。已出版的平装本译稿，我看作是权威定稿，审校时我自是诚惶诚恐，严肃认真。若没有相当的把握，我断不敢冒然乱施斧斤；每有改动，都意求臻于至善。我相信，长逝者若有知，必能宽容我所做的，某些不能尽如人意的改动。

春秋六轶风雨织，
与君相与亦相知。
何当再舞如椽笔，
携手同攻五卷诗。

先生逝世后，译稿的后续修改、校对等工作，由刘乐园和我先生接棒完成。

宋丕方

出版后记

对于海亚姆《鲁拜集》早期的传播和结集过程，人们知之甚少。1161 年成书的撒马尔甘迪《辛巴达的故事》中，引用了 5 首海亚姆的鲁拜。[1] 1220 年前后成书的纳季姆丁·拉齐《信徒的历程》里，引用了 2 首海亚姆鲁拜。近年耶路撒冷遗址出土了一件肩部写有海亚姆鲁拜的绿釉陶瓶残片，其制作使用的时代可以上溯到 12~13 世纪。再加上 1306 年福州立碑的那首鲁拜铭刻，这基本上也就是我们目前能看到的，海亚姆离世后的两百年里，他的鲁拜传播的全部痕迹。

13 世纪初，蒙古大军自东向西，以出云破天之势横扫中亚诸国。1221 年，成吉思汗下令屠灭内沙布尔（内沙浦尔）城内所有居民，屠城杀死了一百七十万人，首级堆成高山。屠城之后很长一段时间，内沙布尔诗人海亚姆的鲁拜集是如何传承、如何传播的，我们已完全无法知晓。后人能够看到的，无非是他人作品中选编或者引用的零散的海亚姆诗作。伏鲁基曾对这些海亚姆诗作进行了筛选和甄别，一共甄选出 66 首。伏鲁基所鉴别整理出的这 66 首，也已经得到学术界的广泛认可。

所谓的海亚姆《鲁拜集》早期古抄本，主要都是海亚姆去世三百年后集抄的本子。这些抄本多用纳斯塔里格字体抄写，而纳斯塔里格字体是公元 15 世纪后才兴起的，所以但凡是将抄写年代标注为 14 世纪甚至更早时间的纳斯塔里格字体的写本，其抄写时间都要推后到 15 世纪或者更晚。除了字体判据之外，根据波斯语发展的历史过程，构词法、字词使用习惯以及拼写法等内容也是考量一个写本具体抄写时间的重要因素。在版本学的检视之下，可以准确认定抄写时间的海亚姆《鲁拜集》写本，鲜有早于 15 世纪的。

目前可见的所谓"海亚姆《鲁拜集》最早写本"，是存于剑桥大学图书馆的"公元 1207 年抄本"（以下简称"1207 抄本"），共收录鲁拜 252 首。这个写本一度由阿尔贝利主导研究，但是阿尔贝利始终没有对外公布写本的照片和全部文字内容。[2] 上世纪五十年代，苏联科学院从剑桥大学买到了"1207 抄本"的缩微胶片，对抄本的文字内容做了基础整理，1957 年在莫斯科以波斯语、俄语两种语言排版印行，这就是知名的"1957 莫斯科本"。所谓"1957 莫斯科本"的底本，其实就是剑桥大学的"1207 抄本"。

"1957 莫斯科本"刚面世的时候，学术界认为"1207 抄本"是存世的海亚姆鲁拜最早的写本，自然，也就是最权威的写本。按照莫斯科方面的说法，这个抄本的字体的时代特征是没有问题的。然而"1207 抄本"的构词法、字词使用习惯以及拼写法等内容，却没有经受住学术界的检视和审验。"1957 莫斯科本"出版不到十年，"1207"年这个抄写时间已经被伊朗学术界否定。所谓的"1207 抄本"，的确是一个早期古写本，也的确是一个非常重要的写本，但是它的抄写时代，比 1207 年要晚得多。

海亚姆的《鲁拜集》究竟有多少首？究竟该有多少首？这个问题我们无法回答。任何一个海亚姆《鲁拜集》写本，都不是海亚姆的手泽，或多或少包含着后世蹿入的伪托作品。任何一个海亚姆《鲁拜集》的写本，又都传承着海亚姆的衣钵，在时间的长河里发出永不熄灭的光。

1986 年，张鸿年先生以"1957 莫斯科本"为底本，将"1207 抄本"中全部波斯语鲁拜译成汉语，以《波斯哲理诗》为名，1991 年由文津出版社出版印行。在《波斯哲理诗》的译序《海亚姆再认识》中，张鸿年先生说明了"1957 莫斯科本"的底本来历，也指明了"1207 抄本"的问题。同时，张鸿年先生也在译序中说到了版本上非常重要的《乐园》本。

《乐园》本海亚姆《鲁拜集》，很多时候被直接简称为《乐园》。它的集抄年代是希吉来历867年，即公元1462年。《乐园》本共收录鲁拜554首（计入重复）。虽然这554首鲁拜被归入海亚姆名下，但它们并不都是海亚姆的作品，其中有一些诗作是后人伪托作品蹿入。《乐园》本最大的优点是集抄时间（1462年）数据可靠，收诗数量多。它几乎是海亚姆《鲁拜集》早期写本中收诗数量最多、"最全"的本子。以伏鲁基所鉴定出的海亚姆66首鲁拜为例，在"1207 抄本"中，收录了伏鲁基鉴别出的22首，缺44首未收；在《乐园》本中，收录了伏鲁基鉴别出的55首，缺11首未收。[3]这个现象本身，就足以说明《乐园》本的价值。

海亚姆的《鲁拜集》，是张鸿年先生个人最喜爱的波斯语文学作品，也是张鸿年先生文学情感投入最大、翻译用力最勤的作品。在《波斯哲理诗》出版之后，张鸿年先生在《波斯哲理诗》的基础上，根据个人的文学偏好，增加了伏鲁基选本和赫达亚特选本中的若干首，缀合出一个新的选本，以《鲁拜集》为名，在台湾木马文化事业有限公司（2001年，共收鲁拜380首）和湖南文艺出版社（2001年《波斯经典文库》丛书，共收鲁拜376首）出了新版。新版本较《波斯哲理诗》有所增益，但仍不是张鸿年先生最中意的版本。张鸿年先生最中意的版本是《乐园》本。

虽然张鸿年先生早在《波斯哲理诗》出版之前就拿到了波斯语本《乐园》，也早就完成了文本翻译，但是因为文本艰深，译稿一直压在手中。2005年，张鸿年先生在翻译第一稿的基础上，开始了《乐园》本全部鲁拜的第二次翻译。同时张鸿年先生邀请宋丕方先生参与翻译工作，宋丕方先生也对《乐园》本做了全本翻译。两位译者背对背独立完成译稿，两份译稿由张鸿年先生做最终的采选统理。2012年5月，张鸿年先生将整合后的译稿交给刘乐园先生领导的一个工作小组。刘乐园先生领导的工作团队作为《乐园》本的出版工作助手和第一批读者，将审读意见和修改建议返给张鸿年先生，计划研讨修改后由张鸿年先生整合定稿，形成最终的出版稿。

刘乐园先生的修改意见在语言表达上与张、宋两位先生的译稿有巨大差异，实际上形成了本书的第三个译稿。本来最理想的方式是，由张鸿年先生统理裁断，在三份译稿中决定最终的取舍。2015年3月2日，张鸿年先生突发心脏疾病去世，整理工作一度陷于停顿。后经多方商议，对译稿的出版工作做出以下调整：

> 出版稿尽量以2012年5月稿本为基础，减少改动，尽量保持和体现张鸿年先生的翻译语言风格。

> 译稿的修改由宋丕方和刘乐园先生负责。具体文字修改交由刘乐园先生主理。译稿中未竟的细节由宋丕方和刘乐园先生补全。

《乐园》本《鲁拜集》诗歌多牵涉高级语法，有相当几首在语言理解上非常的艰涩，这也正是张鸿年先生迟迟没有公布译稿的原因之一。张鸿年先生骤然离世，使得这几首的翻译整理工作陷入瓶颈。以《乐园》本第五三三首为例，张鸿年和宋丕方先生在各自的译稿初稿上都做了专门标注："除第三行，其它全都不解（包括语法结构和诗意）"。分析这一首鲁拜的诗句，连找出谓语动词都极为困难。张鸿年和宋丕方先生以极大的学术力量和深厚的波斯语学养完成了汉语译文，语句涵义的解释工作则由刘乐园先生接棒，在注释中陈述。然而对于这一则鲁拜的翻译，几位先生都没有十足的把握。且待未来改进。[4]

翻译工作，从性质上说，与单纯的文学创作是不一样的。翻译是对语言文本进行的跨语种的转换表达，任何翻译都要受原初语言文本的制约和检验。就这一点来说，菲茨吉拉德译成英文的海亚姆《鲁拜集》是非常成功的译本，也是非常特殊的译本。菲氏英译本的语言文学性非常之强，它脱离了单纯的波斯语文学作品英译本的简单范畴，是英语文学史上公认的杰作。在文本形式上，菲氏对于波斯语文本做了选取、剪裁和新的整合。这一举动在常规翻译工作中无疑是非常危险的。菲氏的翻译之所以广受好评，一是因为他个人所具有的无与伦比的英语文学表达能力，二则是因为，虽然他对波斯语原初文本做了大规模（甚至是"随心所欲"）的裁剪与整合，但是波斯语原作中所承载的理性的精神、哲学的思想，在菲氏的翻译中得到了很好的保留、传达乃至强调。以当代侦探小说大师劳伦斯·布洛克的作品为例，在他的马修系列侦探小说中，菲氏英文本的海亚姆鲁拜甚至被放到了与马可·奥勒留《沉思录》同等的地位。菲氏译本的伟大成就，是以海亚姆的哲学思想为内核支撑的。现今美国社会最广为流行的菲氏英译本《鲁拜集》诗句，所取胜之处都是诗句的义理，而不仅仅是简净闲雅的辞章。[5]

经不住时间考验的文学表达，尤其是诗歌，多有不知所云的陈词滥调。那些作品在大多数时候并不至于让读者如何怵目惊心，然而一旦从双语表达（语义的双向翻译）的角度来审视，文本的空洞窳劣即暴露无遗，无所遁形。另一方面，就翻译工作来说，如果不能正确读懂原初语言文本的基本语义，所谓的合格翻译也就无从谈起。拿海亚姆的《鲁拜集》翻译来说，我们可以看到一个非常有趣的现象：海亚姆《鲁拜集》汉译本多从菲氏英文本译出，译文文体形式多样，语言风格不一。英文本诗句用典艰深的句子，在各色汉译本中常能见到肆意的编排篡改，甚或赘语空言的敷衍。海亚姆《鲁拜集》的哲学思想和哲学情绪，在某些译本中也毁失殆尽。海亚姆的诗篇仿佛真的成了一个酒瓶，又仿佛成了一面镜子，酒瓶中能装下"打油腔"和"阶级斗争纲领"之种种，镜子中能看出每一个译者的人品才地、际遇心性。据菲氏英文本译成汉语的《鲁拜集》越来越多，某些品类已经远超出了正常翻译的范畴，甚至丧失了理性的制约。如此的所谓"翻译"，值得警醒。

与此相对比，从波斯语译出的《鲁拜集》品种数量要少得多。这些译本在汉语语言文学性上或许有各种见仁见智的不同，但是就波斯语原文的语义的转换表达来说，几位译者在转达海亚姆的哲学思想的工作中都进退有度，表现得可圈可点。同样都是外语文本，为什么英文本汉译与波斯文本汉译会产生如此不同的世相，可能还是与译者的语言理解能力有关。张鸿年先生在翻译工作中所做的追求和努力，张鸿年先生对海亚姆的哲学思想的探索和传扬，张鸿年先生的豁达、坚定和谦虚，都是我们学习的榜样。

《乐园》本《鲁拜集》的翻译和出版工作，动用了北京大学东方语言文学系波斯语专业数代学人的力量。李湘先生在耶路撒冷陶瓶的释读工作中给我们提供了支持和指导。段晴先生、吴赟培先生在巴列维语专项问题上给我们提供了支持和指导。穆宏燕先生多次为我们借调非常珍贵罕见的图书资料。朱陈晖先生多次在北美为我们寻找并提供了极为稀见的历史文献……类似的需要感谢的人和事非常多，无法一一列举。由于我们的专业水平和眼界都非常有限，编辑出版工作中一定还存在着诸多错误与不足。学界同仁和读者若发现书稿中的错误，欢迎批评指出，未来若有机会再版，我们将在再版时纠正。

《乐园》本《鲁拜集》出版工作小组

注　释

1. 《辛巴达的故事》又叫《大臣的故事集》，讲的是一位王子被王妃诬陷谋反，国王下令问斩。于是大臣们给国王讲故事拖延时间，使得王子得以申辩获救。《辛巴达的故事》是后世知名的《一千零一夜》故事的祖型祖本。

2. Arthur J. Arberry, *OMAR KHAYYÁM: A New Version Based upon Recent Discoveries.*

3. 所"缺"的 11 首中，有一首文字内容与《乐园》本第一九五首重合度很高。所以从更宽泛的角度来说，《乐园》本实际上涵盖了伏鲁基甄选结果中的 56 首，仅缺 10 首未收。

4. 第五三三首的头两句，即使加入格律排比特征作为分析依据，谓语动词仍然难以界定。大家都知道，诗歌的语法灵活度远高于常规文本，不一定每个句子都有谓语。纯名词性的结构，一样可以构成诗句。具体的例子古今中外都有，比如：

　　　　绿蚁新醅酒，
　　　　红泥小火炉。（白居易）

　　　　春风桃李花开日，
　　　　秋雨梧桐叶落时。（白居易）

　　　　枯藤老树昏鸦，
　　　　小桥流水人家，
　　　　古道西风瘦马。（马致远）

　　　　露と落ち
　　　　露と消えりし
　　　　我の身かな
　　　　なにわのことは
　　　　梦のまた梦

　　　　露珠般凝结，
　　　　露珠般消散，
　　　　我的生命。
　　　　浪花之城的种种，
　　　　梦中的梦。（丰臣秀吉）

The apparition of these faces in the crowd;

Petals on a wet, black bough.

人群中面庞上的幻影，

潮湿黑树枝上的花瓣。（Ezra Pound）

至于《乐园》本第五三三首是否使用了类似的语法结构，三位先生斟酌过很久，也请教过多位同行和伊朗的波斯语文学专家，仍未得到一致的结论。

5. 比如现今菲氏译本在美国引用率最高的诗句是"take the Cash, and let the Credit go"。这句诗的流行缘于美国的信用卡（credit card）制度。很多人信用卡无法按时还款，以这句诗自嘲，调侃过分消费信用甚至个人信用破产的现象。引用率第二高的海亚姆诗句是"The Moving Finger writes..."。比如在多次获得电视剧行业大奖的美国情景喜剧《生活大爆炸》（*The Big Bang Theory*）里，就能看到对这首诗的引用。在劳伦斯·布洛克（Lawrence Block）的马修（Matthew Scudder）系列、雅贼（Burglar）系列侦探小说中，引用过几首菲译海亚姆鲁拜，其中就有"The Moving Finger writes..."这首。至于在中国最负盛名的菲译鲁拜"A Jug of Wine, a Loaf of Bread..."，在美国反而没有那么流行。

《乐园》本《鲁拜集》
出版工作小组成员：

刘乐园
陈　宇
杨　曦
陆汝卿
冯科臣
陈晓寒
黄铁群

图书在版编目（CIP）数据

鲁拜集 /（波斯）海亚姆著；张鸿年，宋丕方译. — 成都：四川人民出版社，2017.6
ISBN 978-7-220-10141-0

Ⅰ. ①鲁… Ⅱ. ①海… ②张… ③宋… Ⅲ. ①诗集–伊朗–中世纪 Ⅳ. ①I373.23

中国版本图书馆CIP数据核字（2017）第098636号

鲁拜集

著　　者　[波斯] 奥玛·海亚姆
译　　者　张鸿年　　宋丕方
插　　图　马赫穆德·法希奇扬
出版统筹　吴兴元
责任编辑　张春晓　　皮建军
艺术设计　刘乐园　　李文建
营销推广　ONEBOOK

出版发行　四川人民出版社（成都槐树街2号）
网　　址　http://www.scpph.com
E-mail　scrmcbs@sina.com
印　　刷　北京盛通印刷股份有限公司
成品尺寸　170毫米 × 235毫米
印　　张　26
插　　页　12
字　　数　345千字
版　　次　2017年11月第1版
印　　次　2017年11月第1次印刷
书　　号　ISBN 978-7-220-10141-0
定　　价　298.00元